專為華人編寫之基礎教材
Tayvanlılar için Türkçe Ders ve Çalışma Kitabı

土耳其語 | A1-A2
TÜRKÇE ÖĞRENİYORUM I 新版

土耳其Burdur Mehmet Akif Ersoy大學教授　杜爾孫（Dursun Köse）

安卡拉大學土耳其及外國語言應用與研究中心教師　馬仕強（Özcan Yılmaz）　　合著

國立政治大學副教授　李珮玲（Pei-Lin Li）

作者簡介

杜爾孫（Dursun Köse）

土耳其安卡拉大學外語教學博士。曾任安卡拉大學土耳其及外國語言應用與研究中心（TÖMER）教師、國立政治大學副教授（2006-2016），目前為土耳其 Burdur Mehmet Akif Ersoy 大學教授。

馬仕強（Özcan Yılmaz）

土耳其 Gaziantep 大學教育學系碩士。曾任韓國外國語大學客座講師（2004-2006）、國立政治大學土耳其語文學系交換講師（2012-2014、2019-2021）。現任安卡拉大學土耳其及外國語言應用與研究中心（TÖMER）教師。

李珮玲（Pei-Lin Li）

土耳其安卡拉大學現代土耳其文學博士。2007 年起任教於國立政治大學外國語文學院土耳其語文學系。

ÖN SÖZ

Diller için Avrupa Ortak Başvuru Metni (The European Framework of Reference for Languages), hedef bir dili öğrenenleri iletişim hâlinde olan sosyal birer aktör olarak görür. Bu aktörler, belirli ortamlarda ve durumlarda yerine getirmeleri gereken söylemsel görevleri bulunan toplum üyeleridir. Bu görevler sadece dil ile sınırlı değildir. Kültür gibi geniş bir kavramın içinde yer alır. Hedef dilin öğrenilmesi ile birlikte o dile ait kültürel unsurlar da kazanılmış olur.

Bu kitap, Ulusal Chengchi Üniversitesi Yabancı Diller Fakültesi Türk Dili ve Kültürü Bölümü tarafından ana dili Çince olan lisans öğrencileri ve Türkçeyi yabancı dil olarak öğrenmek isteyen Tayvanlı yetişkinler için hazırlanmıştır. Serinin ilk çalışması olan Türkçe Öğreniyorum I kitabında yönergeler ve bazı açıklamalar araç dil (Çince) ile verilmiştir. Türkçeyi Tayvan'da öğrenenlerin bazı söylemsel kalıpları kullanma olasılıkları düşük olduğundan hazırlanan etkinliklerde mümkün olduğunca buna dikkat edilmiştir.

Bu kitap iki bölümden oluşmaktadır. Birinci bölümde toplam 6 ünite yer almaktadır. Her bir ünite kendi içinde dilbilgisel bir örgüye sahiptir. Bununla, öğrencilerin dilbilgisi yapıları aracılığıyla iletişim sağlayabilmeleri hedeflenmiştir. Bu nedenle her ünite, üniteye giriş diyalogları ile başlamaktadır. Her ünitenin sonunda "Hatırlayalım" bölümleri bulunmaktadır.

Kitabın ikinci bölümü olan Çalışma Kitabı yine ilk bölümde olduğu gibi 6 üniteden oluşur ve birinci bölüm içerikleri ile ilişkilidir. Bu bölüm daha çok dilbilgisel etkinlikler içermektedir. Her ünitenin sonundaki "Notlarım" sayfası ile öğrenenlerin tamamladıkları bölüm ile ilgili notları almalarına imkân tanımaktadır.

Bu kitap, dört temel dil becerisi olan Okuma, Dinleme, Konuşma ve Yazma becerilerini geliştirmeye dönük olarak tasarlanmıştır. Ünitelerde yer alan etkinlikler A1 ve A2 dil düzeylerine göre belirlenmiştir.

序

　　「歐洲語言共同參考架構」將所有目標語學習者視為進行溝通中的社交演員，在各種特定的環境與情境中，這些演員是具有言說任務的社會成員。然而這些任務並不僅限於語言，也存在於像是文化這種廣泛的概念中；學習目標語的同時，也能獲得屬於該語言的文化元素。

　　本書由國立政治大學外語學院土耳其語文學系教師群，針對母語為中文之大學生與有心學習土耳其語的台灣人編寫而成。系列之首冊《土耳其語 A1-A2》中的活動指示與部分說明用工具語（華語）寫成，以方便學習者容易上手與理解；在教學設計上也盡可能地注意到對於台灣的學習者而言，使用某些表達與句型的可能性較低。

　　本書由兩大部分所組成，第一部分中的六個課程單元各依照特定的語法結構加以編排，以冀學習者能善用語法結構達成溝通之目的，因此每一課程的開頭都安排「對話」單元，結尾則提供「回顧」單元。

　　本書第二部分之「練習本」也分為六個單元，並且與第一部分之課程內容互相對照呼應。「練習本」主要是提供與各課程語法相關的練習活動，在各單元練習結束後之「我的筆記」頁面則讓學習者自行記錄關於該課程之學習心得。

　　本書旨在訓練「讀、聽、說、寫」四種基礎語言技能，所有單元活動根據「歐洲語言共同參考架構」制定的 A1-A2 等級而設計。

İÇİNDEKİLER 目次

1

MERHABA 你好   7

Tanışma 相識
Alfabe 字母
Çoğul ekleri 複數字尾
Bulunma durumu 在格
var / yok 有 / 沒有

2

TÜRKÇE KONUŞUYORUM 我講土耳其文   25

Şimdiki zaman 現在式
Ek eylem 字尾動詞
-mak istemek 「想要……」句型
Çıkma durumu 從格
Yönelme durumu 到格

3

BENİM AİLEM 我的家庭   47

İyelik ekleri 人稱所有格與所屬格
Ulaçlar / İlgeçler 動副詞 / 質詞
ile bağlacı 連接詞 ile
Saatler 時間的表達
-mak için 表達目的與原因的句型

4

GİTME KAL 別走，留下來   67

Emir kipi 命令式
İstek kipi 願望式
Ad tamlaması 名詞修補
diye 「說、道」副詞

5

GİTTİK GEZDİK GÖRDÜK 我們去、遊覽、見聞 85

Belirli geçmiş zaman 確實過去式
Şimdiki zamanın hikâyesi 現在 - 確實過去複合時態
Adlaştırma 動名詞
-*ki* ilgeci 質詞 -ki
Belirtme durumu 受格

6

HAYDİ TATİLE 走吧，去渡假 107

Gelecek zaman 未來式
Gelecek zamanın hikâyesi 未來 - 確實過去複合時態
-*ken* ulacı 動副詞 -ken
Bağlaçlar 連接詞
Kıyaslama / Üstünlük 比較句型

ÇALIŞMA KİTABI 練習本 131

ÇALIŞMA KİTABI İÇİN CEVAP ANAHTARI
練習本解答 181

如何掃描 QR Code 下載音檔

1. 以手機內建的相機或是掃描 QR Code 的 App 掃描封面的 QR Code。
2. 點選「雲端硬碟」的連結之後，進入音檔清單畫面，接著點選畫面右上角的「三個點」。
3. 點選「新增至「已加星號」專區」一欄，星星即會變成黃色或黑色，代表加入成功。
4. 開啟電腦，打開您的「雲端硬碟」網頁，點選左側欄位的「已加星號」。
5. 選擇該音檔資料夾，點滑鼠右鍵，選擇「下載」，即可將音檔存入電腦。

MERHABA
你好

學習重點

- ☀ 熟練相遇、相識與道別用語
- ☀ 字母與發音
- ☀ 數字與日期的表達
- ☀ 疑問詞：什麼、誰、哪裡
- ☀ 複數字尾
- ☀ 疑問字尾「嗎」
- ☀ 在格及其應用：在哪裡、在誰那裡
- ☀ 「有」與「沒有」句型

1 MERHABA

Diyalog 1 `MP3-01`

A: Merhaba, benim adım Fırat, sizin adınız ne?
B: Merhaba, benim adım Meriç.
A: Memnun oldum, Meriç Bey.
B: Ben de memnun oldum.
A: Nasılsınız?
B: Teşekkür ederim, iyiyim. Siz nasılsınız?
A: Sağ olun. Ben de iyiyim.

Diyalog 2 `MP3-02`

A: Ben Suna.
B: Merhaba, ben de Ece.
A: Memnun oldum.
B: Ben de memnun oldum.

Diyalog 3 `MP3-03`

A: Günaydın Sezgi, ne haber?
B: Günaydın Esra. İyilik sağlık. Senden ne haber?
A: İyiyim, sağ ol. Nereye?
B: Okula.
A: Peki, görüşürüz.
B: Görüşürüz.

Diyalog 4 `MP3-04`

A: Merhaba, nasılsınız?
B: İyiyim, siz nasılsınız?
A: Ben de iyiyim. Nereden geliyorsunuz?
B: İstanbul. Ya siz?
A: Ben de Ankara'dan.
B: Ankara soğuk mu?
A: Evet biraz soğuk, ya İstanbul?
B: İstanbul soğuk değil. Hava çok güzel.
A: Tamam, sonra görüşürüz. İyi günler.
B: İyi günler.

A. Karşılaşma, tanışma ve vedalaşma sırasında kullanılabilecek ifadeler 相遇、相識與道別用語

- Merhaba.
- Günaydın.
- İyi günler.
- İyi akşamlar.
- İyi geceler.
- Selam.

- İyi hafta sonları.
- İyi tatiller.
- İyi bayramlar.
- İyi dersler.
- İyi yıllar.
- İyi eğlenceler.

Hâl-hatır sorma

Nasılsın?
Nasılsınız?
Ne var ne yok?
Ne haber?
Nasılsın, iyi misin?
Ne yapıyorsun?

Cevap

İyiyim.
İyilik sağlık.
Fena değil.
Fena sayılmaz.
Şöyle böyle.
Bomba gibi.
Süper.

Teşekkür etme

Teşekkürler.
Teşekkür ederim.
Çok teşekkür.
Sağ ol.
Çok sağ ol.
Çok sağ olasın.
Allah razı olsun.
Eyvallah.
Sana minnettarım.

Vedalaşma

Görüşürüz.
Görüşmek üzere.
Hoşça kal.
Hoşça kalın.
Allah'a ısmarladık.
Sağlıcakla kalın.
Kendine iyi bak.
Güle güle.
Elveda.

B. Aşağıdaki diyaloğu tamamlayın. 請完成下列對話。

1.

A: Benim adım Ali. _____ ?

B: Benim adım Can.

A: _____

B: Ben de memnun oldum.

> Benim adım TOTO.
> Tanıştığımıza
> memnun oldum.

2.

A: İyi günler.

B: _____

A: Nasılsınız?

B: _____

A: Teşekkür ederim. Ben de iyiyim.

3.

A: Selam Murat, ne haber?

B: İyilik, _____ ?

A: Şöyle böyle.

B: _____ ?

A: Üniversiteye.

B: Görüşmek üzere.

A: _____

4.

A: Sizin adınız ne?

B: _____ , ya sizin?

A: Ben de Suzan.

B: _____

A: Ben de.

5.

A: Benim _____ Osman. Senin _____ ne?

B: Ayşegül.

A: _____ oldum, Ayşegül. Ne var ne yok?

B: _____ . Sende _____ ?

A: İyiyim, sağ ol. Memnun oldum.

B: Ben de _____

☀ 土耳其語裡稱呼男士為 beyefendi、女士為 hanımefendi；另外也常在男士名之後加上 Bey（如 Ali Bey），女士名之後加上 Hanım（如 Ayşe Hanım）來稱呼他人。對熟識的人或者非正式的場合上可使用 sen（你），而正式場合中或對長輩、上司應稱呼 siz（您）。

Hoş geldiniz.	İhsan Bey	Delikanlı
Hoş bulduk.	Şengül Hanım	Abla
Tanıştığımıza memnun oldum.	Beyefendi	Amca
Görüştüğümüze sevindim.	Hanımefendi	Teyze

ALFABE 字母

☀ 土耳其文共有29個字母,包括8個母音和21個子音。母音又分為粗母音(a, ı, o, u)與細母音(e, i, ö, ü)兩大類。

Türkçede sekiz ünlü var:

a, e, ı, i, o, ö, u, ü
Kalın ünlüler: a, ı, o, u
İnce ünlüler: e, i, ö, ü

Türkçede yirmi bir ünsüz var:

b, c, ç, d, f, g, ğ, h, j, k, l, m, n, p, r, s, ş, t, v, y, z

A. Dinleyin, tekrar edin. 請聆聽並複誦。 MP3-05

A a, B b, C c, Ç ç, D d, E e, F f, G g, Ğ ğ,
H h, I ı, İ i, J j, K k, L l, M m, N n,
O o, Ö ö, P p, R r, S s, Ş ş, T t,
U u, Ü ü, V v, Y y, Z z

B. Dinleyin, tekrar edin. 請聆聽並複誦。 MP3-06

A- araba, ağaç
B- balık, bıçak
C- cüzdan, cuma
Ç- çay, çarşamba
D- deniz, dolap
E- elma, ev
F- fare, fasulye
G- güneş, gazete
Ğ- dağ, bağ
H- hastane, havuç
I- ışık, ırmak
İ- inek, ilkbahar
J- Japon, jilet
K- kalem, kedi
L- lira, limon
M- masa, makas
N- nar, nisan
O- okul, otobüs
Ö- öğrenci, öğretmen
P- polis, para
R- raf, ray
S- su, sinema
Ş- şeker, şarap
T- tren, Türkiye
U- uçak, un
Ü- üzüm, ülke
Y- yaz, yatak
Z- zürafa, zebra

A. Günler, aylar, mevsimler 星期、月份、季節

GÜNLER	AYLAR	MEVSİMLER
(hafta içi)	Ocak	İlkbahar (bahar)
Pazartesi	Şubat	Yaz
Salı	Mart	Sonbahar (güz)
Çarşamba	Nisan	Kış
Perşembe	Mayıs	
Cuma	Haziran	
	Temmuz	
(hafta sonu)	Ağustos	
Cumartesi	Eylül	
Pazar	Ekim	
	Kasım	
	Aralık	

B. Sayılar 數字

1	bir	11	on bir	30	otuz	100,000	yüz bin
2	iki	12	on iki	40	kırk	1,000,000	bir milyon
3	üç	13	on üç	50	elli	0	sıfır
4	dört	14	on dört	60	altmış		
5	beş	15	on beş	70	yetmiş		
6	altı	16	on altı	80	seksen		
7	yedi	17	on yedi	90	doksan		
8	sekiz	18	on sekiz	100	yüz		
9	dokuz	19	on dokuz	1,000	bin		
10	on	20	yirmi	10,000	on bin		

C. Örnekteki gibi yapın. 請依照範例練習。

Bugün (günlerden) ne?
Bugün ayın kaçı?
Hangi aydayız?
Hangi yıldayız?
Hangi mevsimdeyiz?

Bugün salı.
Bugün ayın üçü.
Bugün 12 Ocak Cumartesi.
Bugün 14 Ekim 2024.
Ocak.
2024 yılındayız.
Sonbahardayız.

Bu ne? Bu kim? 這是什麼？這是誰？

Diyalog 1 `MP3-07`

A: Merhaba Ömer. Nasılsın?
B: Teşekkür ederim, Özcan Hocam, iyiyim.
A: Ömer, bu ne?
B: Bu kalem.
A: Çok iyi. Bu kim?
B: Bu Ayten.
A: Aferin!

Diyalog 2 `MP3-08`

A: Hakan Bey! Bunlar ne?
B: Bunlar kutu, efendim.
A: Teşekkür ederim, Hakan Bey.
B: Rica ederim.
A: Peki, bunlar kim?
B: Onlar öğrenci. Tayvanlı öğrenciler.

Diyalog 3 `MP3-09`

A: O ne?
B: Bilmiyorum.
A: O kelebek. Peki, o ne?
B: Biliyorum. O kedi.
A: Şu ne?
B: Şu da köpek.
A: Harika.

A. Örnekteki gibi yapın. 請依照範例練習。

Örnek: Bu ne? Bu at.

ayı	at	aslan
domuz	balık	kedi
inek	kelebek	kartal

🪄 Çoğul ekleri (-lar, -ler) 複數字尾

☀️ 名詞的複數字尾（-lar / -ler）是根據名詞的最後一音節母音做變化；如果該名詞最後一音節的母音是a、ı、o、u，在名詞後加上字尾「-lar」，如果是e、i、ö、ü則加上「-ler」。不過有一些外來名詞例外，不遵循此規則。例如：harf（字母）、kalp（心臟）、saat（手錶）、alkol（酒精）、terminal（終點站）等詞。

a, ı, o, u → -lar	e, i, ö, ü → -ler

A. Örnekteki gibi yapın. 請依照範例練習。

Örnek: dolap → dolaplar

　　　　çiçek → çiçekler

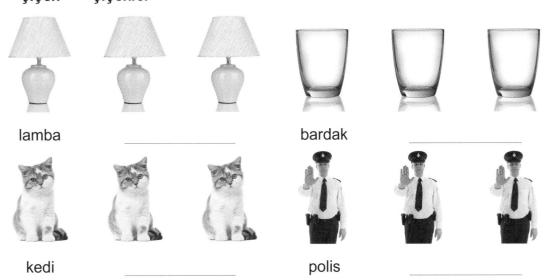

lamba _____　　　bardak _____

kedi _____　　　polis _____

☀️ 數字修飾的名詞通常不必加上複數字尾。例如：iki kişi（兩個人）、dört mevsim（四季）、24 saat（24小時）。

☀️ tüm, bütün, bazı等不定形容詞之後的名詞應加上複數字尾；而birçok、çok、pek çok等不定形容詞之後只能使用單數名詞。

Tüm insanlar　　　Pek çok insan
Bütün insanlar　　Çok insan
Bazı insanlar　　　Birçok insan

B. Örnekteki gibi yapın. 請依照範例練習。

Örnek: Tüm öğrenciler Tayvanlı.

1. _____ insanlar yabancı.
2. _____ öğrenciler çalışkan.
3. _____ eczaneler açık.
4. _____ şehirler kalabalık.
5. _____ çocuklar sempatik.
6. _____ problem var.
7. _____ yabancı var.
8. _____ İngiliz var.

9. Bütün araba_____ hızlı.
10. Tüm ağaç_____ yeşil.
11. Bazı kitap_____ zor.
12. Birçok film_____ var.
13. Çok soru_____ yok.
14. Pek çok banka_____ açık.
15. Bazı insan_____ yalancı.
16. Birçok öğrenci_____ çalışkan.

Burası neresi? 這裡是哪裡?

☀ 詢問地點的時候我們使用疑問詞「neresi」。

Diyalog 1 `MP3-10`

A: Mustafa Bey, burası neresi?
B: Burası 101.
A: 101 çok büyük. Ya şurası neresi?
B: Orası da Dünya Ticaret Merkezi (WTC).
A: Şunlar kim?
B: Onlar Japon turist.

Diyalog 2 `MP3-11`

A: Beyefendi, burası neresi?
B: Burası salon.
A: Peki şurası?
B: Orası mutfak. 20 m².
A: Yaa! Çok büyük ve güzel.
B: Evet. Bence de.

A. Örnekteki gibi yapın. 請依照範例練習。

Örnek: Burası neresi? Burası İstanbul.

Uludağ / Bursa

Pamukkale / Denizli

Efes / İzmir

Akdamar / Van

Bodrum / Muğla

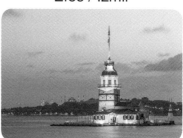
Kız Kulesi / İstanbul

✨ Soru ekleri (mı, mi, mu, mü) 疑問字尾

☀: 把肯定的陳述轉成一般疑問句時，需要使用疑問字尾「嗎」（mı, mi, mu, mü）。此字尾通常單獨用在句子的最後，並依母音諧音原則而有型態變化。如果前方詞語的最後一音節母音是a或ı的話，疑問字尾寫成mı；如果最後一音節母音是e或i的話，疑問字尾寫成mi；如果最後一音節母音是o或u的話，疑問字尾寫成mu；如果最後一音節母音是ö或ü的話，疑問字尾寫成mü。

例如：Araba pahalı mı?（汽車很貴嗎？）
　　　Ali öğrenci mi?（Ali是學生嗎？）
　　　Orası okul mu?（那裡是學校嗎？）
　　　Mutfak çok büyük mü?（廚房很大嗎？）

☀: 使用疑問字尾「mı、mi、mu、mü」的問句通常用「evet」或「hayır」來回答。

a, ı → mı	e, i → mi	o, u → mu	ö, ü → mü

Diyalog 1 `MP3-12`

A: Nur Hocam, bu ne?
B: Bu harita. Türkiye haritası.
A: Orası İstanbul mu?
B: Hayır, orası İstanbul değil. Orası Ankara.
A: Ankara başkent mi?
B: Evet, Ankara başkent.

Diyalog 2 `MP3-13`

A: Bu kim?
B. Bu yeni öğretmen.
A: Adı Mehmet mi?
B: Hayır, Mehmet değil, Mustafa.
A: Mustafa Hoca Türk mü?
B: Evet, Türk.
A: O İzmirli mi?
B: Hayır, İzmirli değil. Ankaralı.

Diyalog 3 `MP3-14`

A: Selam, nasılsın?
B: Sağ ol, iyiyim. Sen nasılsın?
A: Ben de iyiyim, sağ ol. Bu saat yeni mi?
B: Evet yeni.
A: Çok güzel. Pahalı mı?
B: Hayır, pahalı değil, ucuz.
A: Güle güle kullan!
B: Teşekkürler.

✦ Alıştırmalar 練習

A. Örnekteki gibi yapın. 請依照範例練習。

Örnek: Bu kalem mi?

    Evet, bu kalem.

    Hayır, bu kalem değil.

1. Bu bilgisayar _____?
   Evet, _____
   Hayır, _____

2. Şu portakal _____?
   Evet, _____
   Hayır, _____

3. Şu kavun _____?
   Evet, _____
   Hayır, _____

4. Şu polis _____?
   Evet, _____
   Hayır, _____

5. Bu balık _____?
   Evet, _____
   Hayır, _____

6. Ankara büyük _____?
   Evet, _____
   Hayır, _____

7. Tayvan güzel _____?
   Evet, _____
   Hayır, _____

8. Sınıf temiz _____?
   Evet, _____
   Hayır, _____

9. Türkçe zor _____?
   Evet, _____
   Hayır, _____

10. Burası İzmir _____?
    Evet, _____
    Hayır, _____

11. Şurası karakol _____?
    Evet, _____
    Hayır, _____

12. Orası belediye _____?
    Evet, _____
    Hayır, _____

13. Burası terminal _____?
    Evet, _____
    Hayır, _____

14. Orası tuvalet _____?
    Evet, _____
    Hayır, _____

15. Orası park _____?
    Evet, _____
    Hayır, _____

16. O Ahmet _____?
    Evet, _____
    Hayır, _____

17. O öğretmen _____?
    Evet, _____
    Hayır, _____

18. Onlar turist _____?
    Evet, _____
    Hayır, _____

Nerede? Kimde? 在哪裡？在誰那裡？ Bulunma durumu (-da, -de, -ta, -te) 在格

Diyalog 1 `MP3-15`

A: Günaydın arkadaşlar. Nasılsınız?
B: Teşekkürler hocam, iyiyiz. Siz nasılsınız?
A: Ben de iyiyim, teşekkür ederim. Hakan, bu ne?
B: O bir kalem.
A: Peki, bu ne?
B: Masa.
A: Aferin! Şimdi dikkat! Kalem nerede?
B: Kalem masada.

Diyalog 2 `MP3-16`

A: Ali, o ne?
B: O bir şapka, hocam.
A: Peki, o kim?
B: O Kemal.
A: Şapka kimde?
B: Kemal'de.

Zincirleme

1. Bu bir kalem. Kalem masada. Masa sınıfta. Sınıf üniversitede. Üniversite Taipei'de. Taipei Tayvan'da. Tayvan Uzak Doğu'da. Uzak Doğu Asya'da. Asya Dünya'da. Dünya nerede?
2. Bu Ayşe. Ayşe sandalyede. Sandalye odada. Oda evde. Ev köyde. Köy Roma'da. Roma İtalya'da. İtalya Avrupa'da. Avrupa nerede?

kalın	ince	sert sessizler	örnek
a, ı, o, u → -da	e, i, ö, ü → -de	ç, f, h, k, p, s, ş, t → -ta / -te	Kalem masa**da**. Anne ev**de**. Kuş ağaç**ta**. Para cep**te**. Taipei Tayvan'**da**. Kitap Ali'**de**.

☀ 加接在名詞後面的「在格」，其基本形態為-da或-de。不過如果該名詞最後一字母為硬子音「ç, f, h, k, p, s, ş, t」其中之一的話，「在格」中的「d」會變為「t」。另外要注意專有名詞之後加接在格前應使用標點符號（'）來分隔。

☀ 在格用來指示地點的時候變成「burada, şurada, orada」，加接在人稱代名詞之後成為「bende, sende, onda, bizde, sizde, onlarda」。

Örnek: Kalem nerede? Kalem burada.   *Para kimde? Para bende.*
   Gönül nerede? Orada.   *Tuvalet nerede? Hemen şurada.*
   Kitap kimde? Kitap sende.   *Gülşah nerede? Buradayım, hocam.*

Var / Yok 有 / 沒有

ODAM MP3-17

Burası benim odam. Odada bir yatak, küçük bir kitaplık, bir bilgisayar, sandalye ve bir de masa var. Yerde bir halı var. Odada televizyon yok ama bir bilgisayar var. Bilgisayar çok önemli. Çünkü her şey bilgisayarda var. Müzik var, oyun var, haberler var. Hatta arkadaşlarım da var. Ben odamı çok seviyorum.

A. Soruları metne göre cevaplayın.

請根據短文回答問題。

1. Odada neler var? _____
2. Halı nerede? _____
3. Bilgisayarda ne var? _____

Diyalog 1 MP3-18

A: Merhaba Cansu. Ne var ne yok?
B: İyiyim hocam, teşekkür ederim. Siz nasılsınız?
A: Ben de iyiyim, sağ ol. Cansu, burası neresi?
B: Burası sınıf, hocam.
A: Sınıfta neler var?
B: Sınıfta masalar var, sandalyeler var, bir tahta var.
A: Aferin! Peki, sınıfta ne yok?
B: Sınıfta ağaç yok. Araba yok. Kedi yok.

Diyalog 2 MP3-19

A: Şurası park mı?
B: Evet, orası park. Adı Daan Parkı.
A: Çok güzel. Peki, parkta neler var?
B: Parkta çok güzel çiçekler ve ağaçlar var.
A: Şurası neresi?
B: Orası kafe. Kafede çok güzel sütlü çay var.
A: Teşekkür ederim.
B: Rica ederim.

B. Örnekteki gibi yapın. 請依照範例練習。

Örnek: Kalem masada.   *Masada kalem var.*

1. Para cüzdanda. _____
2. Çocuk okulda. _____
3. Öğrenciler sınıfta. _____
4. Balık akvaryumda. _____
5. Şemsiye çantada. _____

✨ Alıştırmalar 練習

A. Örnekteki gibi yapın. 請依照範例練習。

Örnek: Kitap nerede? (masa)   **Kitap masada.**

1. Çorap nerede? (dolap)   _____
2. Araba nerede? (sokak)   _____
3. Para nerede? (cep)   _____
4. Sandalye nerede? (ev)   _____
5. Elma nerede (ağaç)   _____

B. Örnekteki gibi yapın. 請依照範例練習。

Örnek: Ali nerede?   **Sınıfta.**

1. _____ ? Şurada.
2. _____ ? Orada.
3. _____ ? Sinemada.
4. _____ ? Bardakta.
5. _____ ? Stadyumda.

C. Örnekteki gibi yapın. 請依照範例練習。

Örnek: Kalem kimde?   **Kalem Ali'de.**

1. Telefon kimde?   _____
2. Para kimde?   _____
3. Misafir kimde?   _____
4. Güç kimde?   _____
5. Sıra kimde?   _____

D. Örnekteki gibi yapın. 請依照範例練習。

Örnek: Şans kimde?   **Şans bende.**

1. _____ ? Kadında.
2. _____ ? L. Messi'de.
3. _____ ? Büyükbabada.
4. _____ ? R. Federer'de.
5. _____ ? Doktorda.

E. Örnekteki gibi yapın. 請依照範例練習。

Örnek: Para cüzdanda mı?

  Evet, para cüzdanda.

  Hayır, para cüzdanda değil.

1. Kalem masada mı?

_____

2. Canan ofiste mi?

_____

3. Şoför otobüste mi?

_____

4. İstanbul Türkiye'de mi?

_____

5. Kitap sende mi?

_____

F. Örnekteki gibi yapın. 請依照範例練習。
Örnek: Çantada ne var?
   Çantada çikolata var.

1. Sınıfta ne var?

_____

2. Taipei'de neler var?

_____

3. Ofiste neler var?

_____

4. Uçakta kim var?

_____

5. Parkta kimler var?

_____

G. Örnekteki gibi yapın. 請依照範例練習。
Örnek: Sende kalem var mı?
   Evet, bende kalem var.
   Hayır, bende kalem yok.

1. Sınıfta kedi var mı?

_____

2. Evde bisiklet var mı?

_____

3. Sinemada film var mı?

_____

4. _____
   Hayır, sınıfta Alman öğrenci yok.

5. _____
   Evet, Taipei'de gece pazarı var.

✨ Hatırlayalım 回顧

Aşağıdaki boşlukları tamamlayın. 請於下列空格處填入適當的詞語。

A.

- Ben Ayşe. Sizin adınız ne?

- _____

- Memnun oldum.
- Ben de _____
- Nasılsınız?

- _____

  Sen _____ ?
- Teşekkürler. Ben de _____

B.

1. Bugün ne? _____
2. Bugün hava nasıl? _____

C.

1. Araba nerede? (park) _____
2. Balık nerede? (deniz) _____
3. Kitap nerede? (kütüphane) _____
4. Çocuklar nerede? (okul) _____
5. Para kimde? (o) _____

D.

1. Burası neresi? _____
2. Şurası hastane mi?
   Evet, _____
   Hayır, _____
3. Evde kim var? _____
4. Çantada neler var? _____
5. Televizyonda film var mı?
   Evet, _____
   Hayır, _____

E.

1. _____ ?
   Evde.
2. _____ ?
   Sinemada.
3. _____ ?
   Tayvan'da.
4. _____ ?
   Bahçede.

F.

1. Kalem masada mı?
   Evet, _____

2. İstanbul, Türkiye'de mi?
   Evet, _____

3. Berlin, Fransa'da mı?
   Hayır, _____

4. Öğretmen sınıfta mı?
   Hayır, _____

5. Telefon çantada mı?
   Evet, _____

G.

1. Masada kedi var mı?
   Hayır, _____

2. Çantada _____ var mı?
   Evet, _____

3. Televizyonda _____ var mı?
   Hayır, _____

4. Mutfakta _____ yok mu?
   Evet, _____

H.

1. Onur doktor mu?
   Evet, _____
   Hayır, _____

2. O öğrenci mi?
   Evet, _____
   Hayır, _____

3. Sınıfta öğrenci yok mu?
   Evet, _____
   Hayır, _____

4. Buralarda postane var mı?
   Evet, _____
   Hayır, _____

Hoşça kal.
Güle güle.

İyi dersler!

Çok güzel!

Aferin!

Bugün Pazartesi.

Memnun oldum.

Şöyle böyle.

NOT

TÜRKÇE
KONUŞUYORUM
我講土耳其文

 學習重點

※ 自我介紹並描述自己外貌、性格、興趣與愛好

※ 表達基本需求與意願

※ 現在式

※ 字尾動詞

※ 「想要……」句型

※ 到格

※ 從格

2 TÜRKÇE KONUŞUYORUM

Diyalog 1 `MP3-20`

- Nereden geliyorsun?
- Amerika'dan geliyorum. Ya sen?
- Ben İtalyanım, İtalya'dan geliyorum.
- Nerede oturuyorsun?
- Ben Taipei'de oturuyorum.
- Taipei'de ne yapıyorsun?
- Çince öğreniyorum.
- Öğrenci misin?
- Evet, öğrenciyim.

Diyalog 2 `MP3-21`

- Merhaba Ömer. Nereye gidiyorsun?
- Sinemaya gidiyorum.
- Öyle mi? Sinemada hangi film var?
- Bilmiyorum.
- Film ne zaman başlıyor?
- Biraz sonra. Sen de gelmek istiyor musun?
- Hayır, işim var. Kütüphaneye gidiyorum.
- Tamam, sonra görüşürüz.

A. Okuyun, soruları cevaplayın. 請閱讀並回答問題。

David

Benim adım David. Amerika'dan geliyorum. İzmir'de oturuyorum. İzmir'de bir şirkette çalışıyorum. Ben mühendisim. İzmir çok güzel bir şehir. Akşamları restoranda yemek yiyorum ve çay içiyorum. Bazen arkadaşlarımla buluşuyoruz ve geziyoruz. Bazen de alışveriş yapıyoruz. İzmir'de deniz var. Yazın denizde yüzüyorum ve güneşleniyorum. Denizde çeşitli balıklar var. Bazen de balık tutuyorum.

1. O nereden geliyor?

_____

2. O nerede yaşıyor?

_____

3. O ne iş yapıyor?

_____

4. Akşamları neler yapıyor?

_____

5. Denizde ne var?

_____

6. Balık tutuyor mu?

Sözcük Bankası 詞庫

spor yapıyor - televizyon seyrediyor - uyuyor - ata biniyor - kitap okuyor
yemek yiyor - gülüyor - ağlıyor - alışveriş yapıyor - süt içiyor - müzik dinliyor
telefon ediyor - fotoğraf çekiyor - yüzüyor - dans ediyor - ders çalışıyor
futbol oynuyor - resim yapıyor - piyano çalıyor - sohbet ediyor

Şimdiki zaman (-ıyor, -iyor, -uyor, -üyor) 現在式

Eylem	Şimdiki zaman eki	Kişi eki
al- ver- otur- gör-	a - ı → ıyor e - i → iyor o - u → uyor ö - ü → üyor	Ben → -um Sen → -sun O → - Biz → -uz Siz → -sunuz Onlar → -lar

al-

Ben alıyorum.
Sen alıyorsun.
O alıyor.
Biz alıyoruz.
Siz alıyorsunuz.
Onlar alıyorlar.

ver-

Ben veriyorum.
Sen veriyorsun.
O veriyor.
Biz veriyoruz.
Siz veriyorsunuz.
Onlar veriyorlar.

otur-

Ben oturuyorum.
Sen oturuyorsun.
O oturuyor.
Biz oturuyoruz.
Siz oturuyorsunuz.
Onlar oturuyorlar.

gör-

Ben görüyorum.
Sen görüyorsun.
O görüyor.
Biz görüyoruz.
Siz görüyorsunuz.
Onlar görüyorlar.

☀ 以母音結尾的動詞字根（例如：ağla-、bekle-、dinle-、oyna-、söyle-）做現在式變化時，須先去掉該母音，再根據前一個母音的性質諧音。

例如：ağla- , ağlaıyor → ağlıyor / bekle- , bekleiyor → bekliyor / dinle- , dinleiyor → dinliyor / oyna- , oynauyor → oynuyor / söyle- , söyleüyor → söylüyor

☀ seyretmek、gitmek、tatmak、etmek等動詞中的硬子音「t」會軟化成「d」。

例如：seyret- , seyretiyor → seyrediyor / git- , gitiyor → gidiyor

☀ 而yemek與demek中的「e」會變成「i」。

例如：ye- , yeyorum → yiyorum / de- , deyorum → diyorum

A. Örnekteki gibi yapın. 請依照範例練習。

Örnek: kitap okumak - Ben kitap okuyorum.

1. Türkçe öğrenmek _____
2. spor yapmak _____
3. araba kullanmak _____
4. yemek yapmak _____
5. mektup yazmak _____
6. temizlik yapmak _____
7. resim yapmak _____
8. telefonda konuşmak _____
9. balık tutmak _____
10. top oynamak _____

B. Örnekteki gibi yapın. 請依照範例練習。

Örnek: Kim ne yapıyor? - Öğretmen öğretiyor.

1. Mimar proje çiz_____
2. Canan yardım et_____
3. Anne yemek pişir_____
4. Ang Lee film çek_____

Şimdiki zaman (-mıyor, -miyor, -muyor, -müyor) 現在式否定句

Eylem	Şimdiki zaman eki	Kişi eki
bak- iç- koş- yüz-	a - ı → mıyor e - i → miyor o - u → muyor ö - ü → müyor	Ben → -um Sen → -sun O → - Biz → -uz Siz → -sunuz Onlar → -lar

bak-

Ben bakmıyorum.
Sen bakmıyorsun.
O bakmıyor.
Biz bakmıyoruz.
Siz bakmıyorsunuz.
Onlar bakmıyorlar.

iç-

Ben içmiyorum.
Sen içmiyorsun.
O içmiyor.
Biz içmiyoruz.
Siz içmiyorsunuz.
Onlar içmiyorlar.

koş-

Ben koşmuyorum.
Sen koşmuyorsun.
O koşmuyor.
Biz koşmuyoruz.
Siz koşmuyorsunuz.
Onlar koşmuyorlar.

yüz-

Ben yüzmüyorum.
Sen yüzmüyorsun.
O yüzmüyor.
Biz yüzmüyoruz.
Siz yüzmüyorsunuz.
Onlar yüzmüyorlar.

☀ 現在式否定句需先在動詞字根後加上否定形（-ma或-me）再去做形態變化。

例如：git- → gitme- → gitmiyor / oyna- → oynama- → oynamıyor

☀ 土耳其文中用到hiç（從不）、hiçbir zaman（從來不）、hiç kimse（沒有任何人）、hiçbir şey（沒有任何東西）、hiçbir yerde（不在任何地方）等詞語的時候，動詞通常會配合使用否定形態。

例如：Ben hiç Çince bilmiyorum.（我完全不懂中文。）

O hiçbir zaman uçağa binmiyor.（他從來不坐飛機。）

A. Örnekteki gibi yapın. 請依照範例練習。

Örnek: Ben kahve içmiyorum.

1. Ben Çince bil_____

2. O yalan söyle_____

3. Ben kivi sev_____

4. O hiç anla_____

5. Biz pikniğe git_____

6. Onlar tatile çık_____

7. Siz hiç konuş_____

8. Sen erken gel_____

9. Ben kork_____

10. Sen inan_____

B. Örnekteki gibi yapın. 請依照範例練習。

Örnek: İnglizce bilmek ama Fransızca bilmemek

Ben İngilizce biliyorum ama Fransızca bilmiyorum.

1. çay sevmek, kahve sevmemek

_____

2. spor yapmak, rejim yapmamak

_____

3. soru sormak, cevap vermemek

_____

4. futbol oynamak, yüzmemek

_____

5. dinlenmek, uyumamak

_____

6. telefon etmek, mektup yazmamak

_____

C. Boşlukları tamamlayın. 請填空。

Ne güzel! Bugün pikniğe git_____. Pikniğe Ahmet, Arzu, Nesrin ve Ebru da

gel_____. Ahmet ve Arzu evliler. Onlar beraber gel_____. Biz piknikte top

oyna_____, yürü_____, şarkılar söyle_____. Nesrin güzel şarkı söyle_____

fakat Ebru güzel söyle_____. Biz her zaman Ebru'ya gül_____. Ama Ebru çok iyi

satranç oyna_____. O her zaman birinci ol_____. Ben piknik için meyve ve sebze

yıka_____, çünkü biz piknikte çok meyve ve sebze ye_____.

✨ Şimdiki zaman soru 現在式疑問句

Eylem	Şimdiki zaman eki	Soru eki	Kişi eki
at- sev- tut- öp-	a - ı → ıyor / mıyor e - i → iyor / miyor o - u → uyor / muyor ö - ü → üyor / müyor	mu	Ben → -(y)um Sen → -sun O → - Biz → -(y)uz Siz → -sunuz Onlar → -lar

at-
Ben atıyor muyum?
Sen atıyor musun?
O atıyor mu?
Biz atıyor muyuz?
Siz atıyor musunuz?
Onlar atıyorlar mı?

sev-
Ben seviyor muyum?
Sen seviyor musun?
O seviyor mu?
Biz seviyor muyuz?
Siz seviyor musunuz?
Onlar seviyorlar mı?

tut-
Ben tutuyor muyum?
Sen tutuyor musun?
O tutuyor mu?
Biz tutuyor muyuz?
Siz tutuyor musunuz?
Onlar tutuyorlar mı?

öp-
Ben öpüyor muyum?
Sen öpüyor musun?
O öpüyor mu?
Biz öpüyor muyuz?
Siz öpüyor musunuz?
Onlar öpüyorlar mı?

🔆 現在式疑問句應在動詞字根加上現在式基本型態（-iyor）之後，使用疑問字尾（mu）再加接人稱字尾，例如：「Gidiyor musun?」、「Gelmiyor musun?」。疑問字尾加接第一人稱單數與複數字尾前會先墊入一個子音「y」，例如：「Gülüyor muyum?」、「Sinemaya gidiyor muyuz?」。而使用第三人稱複數的時候，人稱字尾會加接在現在式基本型態（-iyor）上，再將疑問字尾（mı）單獨寫在句尾，例如：「Onlar kitap okuyorlar mı?」。主詞為第三人稱複數時，動詞的複數字尾可以省略。例如：「Çocuklar top oynuyorlar.」或「Çocuklar top oynuyor.」（孩子們正在玩球。）。

A. Örnekteki gibi yapın. 請依照範例練習。

Örnek: Siz beni dinliyor musunuz? - Evet, dinliyoruz. / - Hayır, dinlemiyoruz.

1. Sen çay seviyor musun?
   Evet, _____
   Hayır, _____

2. Siz spor yapıyor musunuz?
   Evet, _____
   Hayır, _____

3. O Dilay'ı tanıyor mu?
   Evet, _____
   Hayır, _____

4. Onlar ödev yapıyorlar mı?
   Evet, _____
   Hayır, _____

5. Dışarıda yağmur yağıyor mu?
   Evet, _____
   Hayır, _____

6. Ben gülüyor muyum?
   Evet, _____
   Hayır, _____

7. Dil kursuna gidiyor musun?
   Evet, _____
   Hayır, _____

8. Türkçe öğreniyor musunuz?
   Evet, _____
   Hayır, _____

9. Siz kahvaltı yapıyor musunuz?
   Evet, _____
   Hayır, _____

10. Öğrenciler otobüs bekliyorlar mı?
    Evet, _____.
    Hayır, _____

11. O güzel dans ediyor mu?
    Evet, _____
    Hayır, _____

12. Biz tanışıyor muyuz?
    Evet, _____
    Hayır, _____

✨ Ek eylem 字尾動詞

Diyalog 1 `MP3-22`

F: Müdür beyle görüşmek istiyorum.
S: Adınız ne?
F: Adım Funda Genç.
S: Tamam, müdür bey sizi bekliyor.
M: Hoş geldiniz, buyurun oturun.
F: Teşekkür ederim, hoş bulduk.
M: Nasılsınız?
F: Teşekkür ederim efendim, iyiyim.
M: İstanbullu musunuz?
F: Hayır, İstanbullu değilim.
M: Nerelisiniz?
F: Karslıyım ama İstanbul'dayım.
M: Kaç yaşındasınız?
F: 32 yaşındayım.
M: Evli misiniz?
F: Evet, evliyim ve 3 yaşında bir kızım var.
M: Annesiniz demek, maşallah.

Diyalog 2 `MP3-23`

- Alo Burak, neredesin?
- Evdeyim. Ne oldu?
- Boş musun? Haydi sinemaya gidiyoruz.
- Üzgünüm, bugün hastayım.
- Geçmiş olsun. Neyin var?
- Nezleyim ve çok yorgunum.
- Tamam, kendine dikkat et!

A. Yazın. Ben buyum, ya sen? 寫看看。我是這樣的，那你呢？

19 yaşındayım.   _____
İzmirliyim.   _____
Mavi gözlüyüm.   _____
Sarışınım.   _____
55 kiloyum.   _____
1.75 boyundayım.   _____
Oğlak burcundanım.   _____
Öğrenciyim.   _____
Bekârım.   _____
Çılgınım.   _____
Pozitifim.   _____

☀ 字尾動詞加接於名詞或形容詞上，用來表示句子主詞的身分、性質或狀態，表達「是……」的意思。字尾動詞依照句子主詞的人稱，以及所加接單詞的最後一個母音不同而有諧音變化，如下表所示。名詞或形容詞如果是以母音結尾，在加接第一人稱單數與複數字尾動詞前需先墊一個子音「y」。

Kişi zamirleri	a - ı	e - i	o - u	ö - ü
Ben	-(y)ım	-(y)im	-(y)um	-(y)üm
Sen	-sın	-sin	-sun	-sün
O	-	-	-	-
Biz	-(y)ız	-(y)iz	-(y)uz	-(y)üz
Siz	-sınız	-siniz	-sunuz	-sünüz
Onlar	-lar	-ler	-lar	-ler

Ben	doktor-um	öğrenci-y-im	üzgün-üm	yaşlı-y-ım
Sen	doktor-sun	öğrenci-sin	üzgün-sün	yaşlı-sın
O	doktor	öğrenci	üzgün	yaşlı
Biz	doktor-uz	öğrenci-y-iz	üzgün-üz	yaşlı-y-ız
Siz	doktor-sunuz	öğrenci-siniz	üzgün-sünüz	yaşlı-sınız
Onlar	doktor-(lar)	öğrenci-(ler)	üzgün-(ler)	yaşlı-(lar)

A. Örnekteki gibi yapın. 請依照範例練習。

Ben uzaylıyım.
Adım TOTO.

Örnek: Ben Türk_____ / Ben Türküm.

1. Ben Tayvanlı_____
2. Sen İngiliz_____
3. O Fransız_____
4. Biz Alman_____
5. Siz Japon_____
6. Onlar İtalyan_____
7. Ben fakir_____
8. Sen zengin_____
9. O cesur_____
10. Siz yaşlı_____
11. Biz evli_____
12. Onlar nişanlı_____

☀ 字尾動詞也可以加接於「在格」後面，例如：okuldayım、evdeyim、otuz yaşındayım、buradayım等。

☀ 土耳其文中以硬子音「p、ç、t、k」結尾的詞在加接第一人稱單數與複數字尾動詞的時候，結尾的硬子音會有軟化現象。不過也有像是aç、maç、saç、at、avukat、pilot、cumhuriyet、aşk、park、tok等許多詞語並不適用此規則。

p → b	ç → c	t → d	k → ğ (g)

B. Örnekteki gibi yapın. 請依照範例練習。

Örnek: Ben genç_____

   Ben gencim.

1. Ben garip_____
2. Ben küçük_____
3. Ben çok komik_____
4. Biz çok dinç_____
5. Biz büyük_____
6. Biz korkak_____

:☀: 想要表達否定意味時，我們使用否定詞「değil」，並在其後依主詞人稱及諧音規則加接字尾動詞。例如：「Ben doktor değilim.」（我不是醫生。）、「Sen yorgun değilsin.」（你不累。）等。

Kişi zamirleri	isim / sıfat	değil	Kişi ekleri
Ben			-im
Sen			-sin
O	doktor	değil	-
Biz	yorgun		-iz
Siz			-siniz
Onlar			-ler

A. Örnekteki gibi yapın. 請依照範例練習。

Örnek: Ben pilot _____

　　　Ben pilot değilim.

1. Sen Türk _____
2. Onlar mutlu _____
3. Biz yabancı _____
4. O hazır _____
5. Ayşe çok dikkatli _____
6. Sekreter hiç meşgul _____
7. Siz alkolik _____
8. Ben yalancı _____
9. Ben çocuk _____
10. Sen yaşlı _____
11. O zengin _____
12. Biz çevreci _____

:☀: 疑問句的表達，也是在名詞或形容詞之後使用疑問字尾「mı、mi、mu、mü」並加接配合人稱的字尾動詞。例如：「Sen öğrenci misin?」、「Onlar yorgunlar mı?」。

Kişi zamirleri	a - ı	e - i	o - u	ö - ü
Ben	mıyım	miyim	muyum	müyüm
Sen	mısın	misin	musun	müsün
O	mı	mi	mu	mü
Biz	mıyız	miyiz	muyuz	müyüz
Siz	mısınız	misiniz	musunuz	müsünüz
Onlar	(-lar) mı	(-ler) mi	(-lar) mı	(-ler) mi

B. Örnekteki gibi yapın. 請依照範例練習。

Örnek: Siz evli misiniz?

　　　Evet, ben evliyim.

　　　Hayır, ben evli değilim.

1. Siz Alman _____?
Evet, _____
Hayır, _____
2. O şişman _____?
Evet, _____
Hayır, _____
3. Onlar yabancı _____?
Evet, _____
Hayır, _____
4. Ben hasta _____?
Evet, _____
Hayır, _____
5. Siz zengin _____?
Evet, _____
Hayır, _____
6. O sporcu _____?
Evet, _____
Hayır, _____
7. Sen öğretmen _____?
Evet, _____
Hayır, _____
8. Ben güzel _____?
Evet, _____
Hayır, _____

Sözcük Bankası　詞庫

Ülke	Milliyet	Dil
Türkiye	Türk	Türkçe
İngiltere	İngiliz	İngilizce
Almanya	Alman	Almanca
Fransa	Fransız	Fransızca
Çin	Çinli	Çince
Japonya	Japon	Japonca
Kore	Koreli	Korece
Rusya	Rus	Rusça
Suriye	Suriyeli	Arapça

A. Örnekteki gibi yapın (sözcük bankasından yararlanın).

請運用詞庫中的詞語並依照範例練習。

1. Örnek: Türküm, Türkçe konuşuyorum.

2. Örnek: Sen Tayvanlı değilsin, Çince bilmiyorsun.

3. Örnek: Sen Koreli misin? Türkçe biliyor musun?

B. Örnekteki gibi yapın. 請依照範例練習。

Neredesin?

Tuvaletteyim.

1. Ben mutfak

2. Sen araba_____

3. O sinema_____

4. Biz hastane_____

5. Siz Taipei'_____

6. Onlar piknik_____

Nerelisin?
Nereli?
Nerelisiniz?
Nereliler?

Neredeyim?
Neredesin?
Nerede?
Neredesiniz?
Neredeler?

C. Konuşun. 請對談。

1. Bugün hava nasıl?

yağmurlu - bulutlu
güneşli - nemli - sıcak - soğuk
rüzgârlı - iyi - kapalı - açık

2. Kaç yaşında?

Ali (23) - köpek (8)
çocuk (4) - ağaç (200)
Türkiye Cumhuriyeti (?)
NCCU (?)

-mak / -mek istemek 「想要……」句型

Diyalog 1 `MP3-24`

- Dersten sonra ne yapmak istiyorsun?
- Ben sinemaya gitmek istiyorum. Ya sen?
- Ben bugün sinemaya gitmek istemiyorum. Hava çok güzel. Parkta gezmek istiyorum.
- Haklısın. Böyle güzel bir havada en iyisi açık havada gezmek.
- Tamam, biraz sonra görüşürüz.

Diyalog 2 `MP3-25`

- Biz gidiyoruz. Gelmek istiyor musun?
- Nereye?
- Ali taşınıyor. Ona yardım etmek istiyoruz.
- Gelmek istiyorum ama önce yemek yemek istiyorum. Karnım aç.
- Ben şimdi yemek istemiyorum, aç değilim.
- Tamam. O zaman sonra görüşürüz.
- Anlaştık. Afiyet olsun!

A. Örnekteki gibi yapın. 請依照範例練習。

Örnek: Kahve istiyorum.
   Kahve içmek istiyorum.

1. Gazete istiyorum.
   _____

2. Çocuk dondurma istiyor.
   _____

3. Film istiyoruz.
   _____

4. Türkçe istiyorum.
   _____

B. Örnekteki gibi yapın.

請依照範例練習。

Örnek: Ne dinlemek istiyorsun?
   Müzik dinlemek istiyorum.

1. Ne almak istiyorsun?
   _____

2. Ne satmak istiyorsun?
   _____

3. Ne öğrenmek istiyorsun?
   _____

4. Ne yazmak istiyorsun?
   _____

Uyumak istiyorum

C. Örnekteki gibi yapın.

請依照範例練習。

Örnek: Tatil yapmak istiyor musun?
   Evet, tatil yapmak istiyorum.

1. _____?
   Hayır, pide yemek istemiyorum.

2. _____?
   Evet, seninle konuşmak istiyorum.

3. _____?
   Evet, öğrenciler Türkçe öğrenmek istiyorlar.

Çıkma durumu (-dan, -den, -tan, -ten) 從格

Diyalog 1 MP3-26

- Nereden geliyorsun?
- İngiltere'den.
- Çok güzel. Burada mı yaşıyorsun?
- Evet, Antalya'da yaşıyorum.
- Antalya'da ne yapıyorsun?
- Burada çalışıyorum. İngilizce öğretiyorum.
- Antalya'yı seviyor musun?
- Çok seviyorum. Antalya'da olmaktan hoşlanıyorum. Denizde yüzmekten, balık tutmaktan ve tarihî yerleri gezmekten büyük zevk alıyorum.
- Ben de Antalyalı olmaktan gurur duyuyorum.

Diyalog 2 MP3-27

- Bugün Tayvan'dan ayrılıyorum.
- Hayırdır! Nereye gidiyorsun?
- Afrika'ya.
- Afrika çok tehlikeli değil mi? Korkmuyor musun?
- Yılandan korkuyorum ama diğer hayvanlardan korkmuyorum.
- Afrika'dan kartpostal bekliyorum.
- Tabii.
- Afrika'dan ne zaman dönüyorsun?
- 3 ay sonra.

☀ 土耳其文中「從格」的基本型態是「-dan / -den」。所加接的名詞如果是以硬子音「ç、f、h、k、p、s、ş、t」結尾的話,「d」會變成「t」。專有名詞加接從格之前須用(')做區隔。

kalın	ince	sert sessizler	örnek
a, ı, o, u → -dan	e, i, ö, ü → -den	ç, f, h, k, p, s, ş, t → -tan / -ten	Evden geliyorum. Okuldan dönüyorum. Köpekten korkuyorum. Sınıftan çıkıyorum.

A. Örnekteki gibi yapın. 請依照範例練習。

Örnek: Ali market_____ süt alıyor.

Ali marketten süt alıyor.

1. Öğrenciler sınıf_____ çıkıyorlar.
2. Çocuk bardak_____ su içiyor.
3. Banka_____ para çekiyorum.
4. Yolcular uçak_____ iniyorlar.
5. Ben romantik film_____ hoşlanıyorum.

nefret etmek

-dan   hoşlanmak

-den   korkmak

-tan → sıkılmak

-ten   utanmak

       vazgeçmek

B. Örnekteki gibi yapın. 請依照範例練習。

Örnek: Örümcekten korkuyor musun?
Evet, örümcekten korkuyorum.
Hayır, örümcekten korkmuyorum.

1. Otelden ayrılıyor mu?
Evet, _____

2. Evden çıkıyor musun?
Hayır, _____

3. Bakkaldan alışveriş yapıyor musun?
Hayır, _____

4. Ali senden hoşlanıyor mu?
Hayır, _____

5. Ankara'dan taşınıyor musun?
Evet, _____

C. Örnekteki gibi yapın. 請依照範例練習。

Örnek: Hırsız kimden kaçıyor?
Hırsız, polisten kaçıyor.

1. _____?
Senden yardım istiyorum.

2. _____?
Sinemadan geliyorum.

3. _____?
Eda'dan çok hoşlanıyorum.

4. _____?
Patrondan borç alıyorum.

5. _____?
Sigaradan nefret ediyorum.

Yönelme durumu (-a, -e, -ya, -ye) 到格

Diyalog 1 MP3-28

- Merhaba Toto, nereye gidiyorsun?
- Balığa çıkıyorum.
- Nasıl balık tutuyorsun?
- Tekneye biniyoruz, denize açılıyoruz.
- Yem kullanıyor musun?
- Tabii, balıklara yem atıyoruz.
- Oltaya yem mi takıyorsunuz?
- Evet, oltaya yem takıyoruz, denize atıyoruz.
- Rast gele!
- Teşekkürler.

	gitmek
-a	**vermek**
-e →	**bakmak**
-ya	**inanmak**
-ye	**binmek**
	koymak

A. Okuyun, soruları yanıtlayın.

請閱讀並回答問題。

Alain Fransız. O şimdi Türkiye'de yaşıyor. Bursa'da küçük bir evde oturuyor. Alain, Türkçe öğrenmek için kursa gidiyor. Türkçe öğrenmek çok kolay. Alain, Türk kültürünü öğrenmek istiyor. Her gün evden çıkıyor ve kursa gidiyor. Kursta Türkçe öğreniyor. Kurstan sonra eve geliyor, evde televizyon seyrediyor. Televizyonda çok güzel filmler var. Alain macera filmlerini sevmiyor, romantik filmlerden hoşlanıyor. Ayrıca Alain, Türk yemeklerine bayılıyor.

1. Alain nerede yaşıyor?

_____

2. Alain Türkçe öğrenmek için nereye gidiyor?

_____

3. Alain neden hoşlanıyor?

_____

4. Evde ne yapıyor?

_____

☀ 土耳其文中「到格」的基本型態是「-a / -e」。所加接的名詞如果是以母音結尾的詞，必須先墊入一個「y」而變成「-ya / -ye」。另外加接在一些以硬子音結尾的詞後面，結尾的硬子音會有軟化的現象。專有名詞加接到格之前一樣要用（'）做區隔。

kalın	ince	sert ünsüzlerden sonra	örnek
a, ı, o, u → -(y)a	e, i, ö, ü → -(y)e	p → b ç → c t → d k → ğ (g)	Eve gidiyorum. Kedi ağaca çıkıyor. Operaya bayılıyorum. Öğrenciye izin veriyorum.

B. Örnekteki gibi yapın. 請依照範例練習。

Örnek: Ali denize bakıyor.

1. Öğretmen_____ soru soruyorum.
2. Otobüs_____ biniyorlar.
3. Biz Ali'_____ güveniyoruz.
4. Bardak_____ çay koyuyorum.
5. Çocuk, anne_____ benziyor.
6. Kâğıt_____ yazıyorum.

C. Örnekteki gibi yapın. 請依照範例練習。

Örnek: Anne kime süt veriyor? **Çocuğa.**

1. Kime yardım ediyor? _____
2. Kime telefon ediyorsun? _____
3. Neye biniyorsun? _____
4. Neye benziyor? _____
5. Nereye gidiyorsun? _____
6. Nereye bakıyorsun? _____

Nereye?	**Buraya - Şuraya - Oraya**
Neye? →	**Buna - Şuna - Ona**
Kime?	**Bana - Sana - Ona - Bize - Size - Onlara**

Alıştırmalar 練習

A. Okuyun, soruları yanıtlayın. 請閱讀並回答問題。

Tırtılın Hikâyesi

Bir tırtıl pazartesi sabah uyanıyor. Bir elma yiyor. Bu tırtıl salı günü kalkıyor, duş alıyor, kahvaltıda bir elma, bir portakal yiyor. Tırtıl çarşamba günü saat yedide kalkıyor. Bir elma, bir portakal ve bir şeftali yiyor. Bizim tırtıl perşembe günü saat sekizde kalkıyor, banyo yapıyor. Sonra bir elma, bir portakal, bir şeftali, bir muz ve bir çilek yiyor. Bizim obur tırtıl, cuma günü saat sekiz buçukta kalkıyor. Banyo yapıyor. Kahvaltıda bir elma, bir portakal, bir şeftali, bir muz, bir çilek, bir armut ve bir kiraz yiyor. Bizim sevimli tırtıl cumartesi çok geç kalkıyor ve banyo yapmıyor. Çünkü o çok yorgun ve hasta. O mutfağa gidiyor, bir elma, bir portakal, bir şeftali, bir muz, bir çilek, bir armut, bir kiraz ve büyük bir karpuz yiyor. Ve pazar günü bizim obur tırtıl yavaş yavaş kalkıyor, şöyle bir hareket ediyor. Kırmızı, sarı, siyah renkli kanatlarını açıyor, uçuyor, uçuyor...

1. Tırtıl pazartesi ne yapıyor?
2. Tırtıl salı günü ne yiyor?
3. Tırtıl perşembe günü ne yiyor?
4. Tırtıl cumartesi ne yiyor?
5. Tırtıl pazar günü neler yapıyor?

B. Okuyun, soruları yanıtlayın. 請閱讀並回答問題。

Adım Bob, Amerikalıyım. Evli değilim. Şimdi Didim'de yaşıyorum. Didim çok güzel. Her gün sabahleyin erken kalkıyorum. Önce bir saat yürüyüş yapıyorum. Sonra eve dönüyorum. Evde her şey var. Buzdolabı, çamaşır makinesi, bulaşık makinesi, televizyon. Evde bahçe de var. Bahçede çok güzel ağaçlar var. Bahçede kahvaltı yapıyorum. Saat 8'de evden çıkıyorum ve işe gidiyorum. Akşama kadar işte çalışıyorum. Sonra arkadaşlarla buluşuyoruz ve kafeye gidiyoruz. Kafede sohbet ediyoruz, bira içiyoruz.

1. Bob evli mi?

2. Bob her gün ne yapıyor?

3. Bob her gün kaçta işe gidiyor.?

4. Nerede kahvaltı yapıyor?

C. Boşlukları doldurun. 請填空。

durak - yatak - otobüs - Hakan - banyo - mutfak - öğretmen - çay - diş - dil

Hakan her sabah (nereden?) _____ kalkıyor. (nereye?) _____ gidiyor,

yıkanıyor, (ne?) _____ fırçalıyor. Sonra (nereye?) _____ gidiyor. Kahvaltıda

bir bardak (ne?) _____ içiyor. Sonra otobüse binmek için (nereye?)

_____ gidiyor. (nerede?) _____ bekliyor. Beş dakika sonra (ne?) _____

geliyor. Hakan (neye?) _____ biniyor. Hakan okula her sabah otobüsle gidiyor.

O saat 9'da okula geliyor. Hakan çalışkan bir öğrencidir. O her zaman (kime?) _____

çok soru soruyor. Hakan, yeni bir (ne?) _____ öğrenmek istiyor. Öğretmen (kime?)

_____ yardım ediyor.

✨ Hatırlayalım 回顧

A. Lütfen olumlu cümle yapın. 請依提示寫出肯定句。

Örnek: içmek

Her gün süt içiyorum.

1. kafeye gitmek

2. kahvaltı yapmak

3. gazete okumak

4. yürüyüş yapmak

5. ders çalışmak

6. tenis oynamak

B. Lütfen olumsuz cümle yapın. 請依提示寫出否定句。

Örnek: seyretmek

Ben hiç televizyon seyretmiyorum.

1. anlamak

2. inanmak

3. tatile çıkmak

4. piknik yapmak

5. ağlamak

6. kar yağmak

C. Lütfen soru cümlesi yapın. 請依提示寫出問句。

Örnek: koşmak

   Her gün koşuyor musun?

1. uyumak

_____

2. dans etmek

_____

3. müzik dinlemek

_____

4. resim yapmak

_____

5. şarkı söylemek

_____

6. Türkçe bilmek

_____

D. Nerede ne yapmak istiyorsun? 在哪裡你想做什麼？

Örnek: ev, uyumak

   Evde uyumak istiyorum.

1. restoran, yemek yemek

_____

2. deniz, yüzmek

_____

3. Türkiye, nargile içmek

_____

4. sahil, koşmak

_____

5. kütüphane, ders çalışmak

_____

6. sinema, film seyretmek

_____

E. Boşlukları ad durum ekleriyle tamamlayın.

   請在空格裡填入適當的格。

Örnek: Tren istasyon_____ giriyor.

   Tren istasyona giriyor.

1. Öğrenci sınıf_____ çıkıyor.
2. Cüzdan_____ para koyuyorum.
3. Market_____ süt alıyorum.
4. Mutfak_____ yemek yiyorum.
5. Ev_____ okul_____ gidiyorum.
6. Toto'_____ borç alıyorum.

F. Okuyun, anlatın. 請閱讀並解釋。

Adım Kim. Kore'den geliyorum. Her gün Türkçe öğreniyorum. Okula otobüsle gidiyorum. Bazen geç kalıyorum. O zaman taksiye biniyorum. Hafta sonları arkadaşlarla otobüse biniyoruz ve pikniğe gidiyoruz. Piknikte Türkçe müzik dinliyoruz, top oynuyoruz, yemek yiyoruz ve sohbet ediyoruz. Piknikten dönmek istemiyoruz çünkü piknik çok güzel.

Türkçe öğreniyorum.

Seni anlamıyorum.

Evden geliyorum.

Nereden geliyorsun?

Çıkmak istiyorum.

Nereye gidiyorsun?

Nerede oturuyorsun?

NOT

NOT

BENİM AİLEM
我的家庭

學習重點

* 介紹自己的家庭
* 時間的表達
* 描述一天的作息與日常生活
* 人稱所有格與所屬格
* 母音脫落
* 「……之前」、「……以後」與「到……為止」
* 連接詞（ile）
* 與格
* 表達原因與目的的句型

3 BENİM AİLEM

Diyalog 1 `MP3-29`
- Ne güzel bir fotoğraf. Aileniz mi?
- Evet, ailem. Bu benim eşim Kenan.
- Bu kim?
- Bu da benim kızım Selin.
- Selin ne iş yapıyor?
- Selin şimdi üniversitede okuyor.
- Bunlar kim?
- Bunlar da annem ve babam. Babam hâlâ çalışıyor ama annem emekli.

Diyalog 2 `MP3-30`
- Zamanın var mı?
- Maalesef, hiç zamanım yok.
- Nereye gidiyorsun?
- Okula gidiyorum. Sınavım var.
- Ne sınavı?
- Türkçe dilbilgisi sınavı.
- O zaman sana başarılar diliyorum.
- Teşekkür ederim.
- Sınavdan sonra seni ararım.

A. Okuyun, soruları yanıtlayın. 請閱讀並回答問題。

Gülşen

Benim ailem İzmir'de yaşıyor. Benim iki kardeşim var. Oğuz 12, Selcan 15 yaşında. Babam bir bankada memur. Annem öğretmen. Benim iki dayım, bir amcam, iki teyzem ve bir halam var. Büyükannem ve büyükbabam köyde yaşıyorlar. Büyükbabamın güzel ve büyük bir çiftliği var. Biz yazın çiftliğe gidiyoruz. Orada dedemin koyunları, inekleri ve daha başka birçok hayvanı var. Dedemin bir köpeği de var, adı Karabaş. Ayrıca bahçede çeşitli ağaçlar var. Ben köyü çok seviyorum.

1. Gülşen'in annesi ne iş yapıyor?

_____

2. Gülşen'in kaç kardeşi var? Adları ne?

_____

3. Gülşen'in dedesi nerede yaşıyor? .

_____

4. Çiftlikte neler var?

_____

5. Gülşen köyü seviyor mu?

_____

6. Çiftlikte köpek ve kedi var mı?

_____

✨ İyelik ekleri 人稱所有格與所屬格

Kişi zamirleri	Ünsüzlerden sonra	Ünlülerden sonra
Benim	-ım / im / um / üm	-m
Senin	-ın / in / un / ün	-n
Onun	-ı / i / u / ü	-sı / si / su / sü
Bizim	-ımız / imiz / umuz / ümüz	-mız / miz / muz / müz
Sizin	-ınız / iniz / unuz / ünüz	-nız / niz / nuz / nüz
Onların	-ları / leri	-ları / leri

	a - ı	e - i	o - u	ö - ü	
Benim	arkadaşım	evim	okulum	müdürüm	odam
Senin	arkadaşın	evin	okulun	müdürün	odan
Onun	arkadaşı	evi	okulu	müdürü	odası
Bizim	arkadaşımız	evimiz	okulumuz	müdürümüz	odamız
Sizin	arkadaşınız	eviniz	okulunuz	müdürünüz	odanız
Onların	arkadaşları	evleri	okulları	müdürleri	odaları

☀ 許多以硬子音「p、ç、t、k」結尾的單詞，加接母音開頭的字尾時會軟化為「b、c、d、ğ（或g）」。例如：「benim kitabım」、「senin ilacın」、「onun gözlüğü」、「bizim umudumuz」、「sizin isteğiniz」。

A. Örnekteki gibi yapın.
請依照範例練習。

Örnek: Bu telefon kimin?
Bu telefon benim.

1. Bu kitap kimin?
_____
2. Bu saat kimin?
_____
3. Şu ev kimin?
_____
4. Şu araba kimin?
_____

B. Örnekteki gibi yapın.
請依照範例練習。

Örnek: Bu kimin kalemi?
Bu benim kalemim.

1. Bu kimin arkadaşı?
_____
2. Bu kimin öğretmeni?
_____
3. Şu kimin arabası?
_____
4. O kimin sevgilisi?
_____

C. Örnekteki gibi yapın. 請依照範例練習。

Örnek: Bu sözlük senin mi?
Evet, benim. / Hayır, benim değil.

1. Bu araba sizin mi?
Evet, _____ .
Hayır, _____ .
2. Bu hediye bizim mi?
Evet, _____ .
Hayır, _____ .

3. Bu çanta onların mı?
Evet, _____ .
Hayır, _____ .
4. Bu yemek benim mi?
Evet, _____ .
Hayır, _____ .

D. Boşlukları tamamlayın. 請填空。

Ben_____ aile_____ İzmir'de yaşıyor. Ben_____ iki kardeş_____ var.
Ben_____ bir dayı_____, amca_____, teyze_____ ve hala_____ var.
Ben öğrenciyim. Okulda çok arkadaş_____ var. Ben_____ okul_____ Ankara'da.

Sen_____ aile_____ İzmir'de yaşıyor. Sen_____ iki kardeş_____ var.
Sen_____ bir dayı_____, amca_____, teyze_____ ve hala_____ var.
Sen öğrencisin. Okulda çok arkadaş_____ var. Sen_____ okul_____ Ankara'da.

O_____ aile_____ İzmir'de yaşıyor. O_____ iki kardeş_____ var.
O_____ birçok dayı_____, amca_____, teyze_____ ve hala_____ var.
O öğrenci. Okulda çok arkadaş_____ var. O_____ okul_____ Ankara'da.

Sözcük Bankası 詞庫

anne - baba - teyze - hala - amca - dayı - büyükbaba - büyükanne - dede - nine
anneanne - babaanne - yenge - enişte - ağabey - abla - kardeş
kız kardeş - erkek kardeş - kuzen - yeğen - torun - çocuk - eş - karı - koca

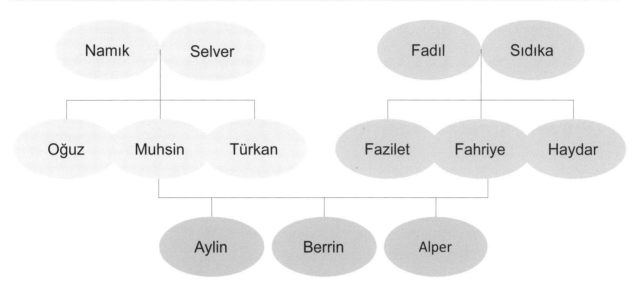

A. Örnekteki gibi yapın. 請依照範例練習。

Örnek: Benim adım Berrin.

     Fahriye benim annem.

1. Muhsin kim? _____
2. Namık kim? _____
3. Selver kim? _____
4. Aylin kim? _____
5. Fadıl kim? _____
6. Sıdıka kim? _____
7. Haydar kim? _____

Fahriye benim annem.

B. Soruları yanıtlayın. 請回答問題。

1. Senin adın ne? _____
2. Onun kitabı ne renk? _____
3. Sizin aileniz nerede yaşıyor? _____
4. Onun arabası var mı? _____
5. Benim ismim ne? _____
6. Onların şehri nerede? _____
7. Senin baban ne zaman geliyor? _____
8. Onun ablası nerede çalışıyor? _____
9. Senin annen çalışıyor mu? _____
10. Sizin eviniz nerede? _____

☀ 某些雙音節且第二音節為窄母音「ı、i、u、ü」的名詞，在加接母音開頭的字尾（譬如所屬格、到格與受格）時，其第二音節的窄母音會出現脫落現象。例如：burun要加上所屬格（以第一人稱單數為例）、到格與受格之前，第二音節的母音u會先脫落變成burn再加接所需的詞綴成為burnum - burna - burnu。

burun → burnum	burun → burna	burun → burnu
karın → karnım	karın → karna	karın → karnı
boyun → boynum	boyun → boyna	boyun → boynu

☀ 其他會出現母音脫落現象的常見名詞如下：ağız, akıl, beyin, göğüs, isim, kayıt, metin, nehir, oğul, omuz, ömür, resim, sabır, şehir, vakit

A. Okuyun, soruları yanıtlayın. 請閱讀並回答問題。

Batuhan

　　Batuhan 21 yaşında bir genç. Batuhan şimdi Türkiye'de bir şirkette çalışıyor ve aynı zamanda İngilizce öğrenmek için bir dil okuluna gidiyor. Batuhan, öğleden önce kursa, öğleden sonra ise şirkete gidiyor. Batuhan, akşama kadar şirkette çalışıyor. Batuhan'ın annesi ve babası Kayseri'de yaşıyorlar. Batuhan'ın iki ablası var. Biri üniversitede öğrenci, diğeri ise evli ve bir fabrikada mühendislik yapıyor. Batuhan'ın ağabeyi ve erkek kardeşi yok, ama çok akrabası var.

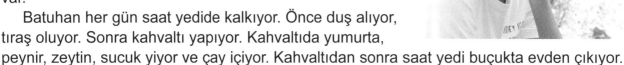

　　Batuhan her gün saat yedide kalkıyor. Önce duş alıyor, tıraş oluyor. Sonra kahvaltı yapıyor. Kahvaltıda yumurta, peynir, zeytin, sucuk yiyor ve çay içiyor. Kahvaltıdan sonra saat yedi buçukta evden çıkıyor.

1. Batuhan ne iş yapıyor?

_____

2. Batuhan niçin okula gidiyor?

_____

3. Batuhan ne zaman kursa gidiyor?

_____

4. Batuhan ne zamana kadar çalışıyor?

_____

B. Doğru mu, yanlış mı? 對或錯？

1. Batuhan yabancı bir dil öğreniyor.　( )
2. Batuhan'ın ağabeyi fabrikada çalışıyor.　( )
3. Batuhan'ın ailesi Kayseri'de yaşıyor.　( )
4. Batuhan fabrikada mühendislik yapıyor.　( )
5. Batuhan öğleden sonra kursa gidiyor.　( )

C. Arkadaşınıza sorun, yanıtları yazın. 請詢問您的朋友並寫下回答。

Örnek: Adı Tim, uyruğu Amerikalı, göz rengi mavi...

Adın ne?	Uyruğun ne?	Göz rengin ne?	Telefon numaran kaç?
Mesleğin ne?	Medenî durumun ne?	Kilon kaç?	Adresin ne?
Yaşın kaç?	Boyun kaç?	Sınıf numaran kaç?	Saçların ne renk?

önce / sonra, -dan önce / -dan sonra, -madan önce / -dıktan sonra, -a kadar
「……以前」、「……以後」、「到……為止」

ad → -dan önce / -dan sonra

eylem → -madan önce / -dıktan sonra

A. Okuyun, soruları yanıtlayın.

請閱讀並回答問題。

Altay okula metroyla gidiyor. Önce evden metroya kadar yürüyor, sonra metroya biniyor. Metroda gazete okuyor. Ders saat dokuzda başlıyor ve bire kadar devam ediyor. Dersten sonra işe gidiyor. İş yeri çok uzak ve iş yerine kadar metro çalışmıyor. Bu nedenle otobüse biniyor.

Altay, işten sonra eve yorgun dönüyor ve dinlenmek için biraz yatıyor ve müzik dinliyor, sonra kalkıyor. Kalktıktan sonra bir kahve içiyor. Sonra akşam yemeği yiyor. Yemek yedikten sonra ders çalışıyor, biraz televizyon seyrediyor. Yatmadan önce dişlerini fırçalıyor ve sonra yatıyor.

1. Altay ne zaman işe gidiyor?

_____

2. Altay ne zaman eve dönüyor?

_____

3. Altay ne zaman ders çalışıyor?

_____

4. Altay ne zaman dişlerini fırçalıyor?

_____

B. Örnekteki gibi yapın (önce / sonra). 請依照範例練習。

Örnek: Sinemadan önce bilet alıyorum.

1. Yemek_____ _____ ellerimi yıkıyorum.
2. Uyku_____ _____ dişlerimi fırçalıyorum.
3. İş_____ _____ eve dönüyorum.
4. Ders_____ _____ kütüphaneye gidiyorum.
5. Spor_____ _____ duş alıyorum.
6. Otobüs_____ _____ metroya biniyorum.
7. Metro_____ _____ sağa dönüyorum.

C. Örnekteki gibi yapın. 請依照範例練習。

Örnek: lokantaya git-, ye-

Lokantaya gittikten sonra yemek yiyorum.

1. teneffüse çık-, çay iç-

_____

2. eve git-, televizyon seyret-

_____

3. yemek yap-, bulaşıkları yıka-

4. çalış-, para kazan-

5. bilet al-, otobüse bin-

D. Arkadaşınıza sorun, yanıtları yazın. 請詢問您的朋友並寫下回答。

1. Sinemaya ne zaman gidiyorsun?

2. Eve ne zaman dönüyorsun?

3. Ne zaman gazete okuyorsun?

4. Baba çocuğa ne zaman masal anlatıyor?

5. Ne zaman yemek yiyorsun?

6. Ne zaman televizyon seyrediyorsun?

7. Öğleden önce ne yapıyorsun?

8. Öğleden sonra ne yapıyorsun?

9. Saat 5'ten önce ne yapıyorsun?

10. Altıdan sonra hangi rakam var?

11. Pazartesiden önce hangi gün var?

12. Eylülden önce hangi ay var?

13. Kahvaltıdan sonra ne yapıyorsun?

☀ -a kadar是用來表達「前往某地」、「持續到某個時間」或「往某方向前進」的意思，以回應「到何時為止」、「到幾點為止」或、「到哪裡為止」等問題。例如：「Akşama kadar çalışıyorum.」（我上班到傍晚。）；「İzmir'e kadar otobüsle gidiyorum.」（我搭公車直到İzmir）。

A. Örnekteki gibi yapın. 請依照範例練習。

Örnek: Ne zamana kadar ofistesin?

    Akşama kadar.

1. Ne zamana kadar ders çalışıyorsun?

_____

2. Saat kaça kadar evdesin?

_____

3. Nereye kadar otobüsle gidiyorsun?

_____

4. Nereye kadar yürüyorsun?

_____

5. Ne zamana kadar buradasın?

_____

6. Nereye kadar ödev var?

_____

7. Saat kaça kadar bekleyeceğiz?

_____

5 dakikaya kadar hazırım.

B. Metindeki boşlukları tamamlayın, soruları yanıtlayın.

請填空並回答問題。

Coşkun Bey, bir fabrikada çalışıyor. Onun işi çok ağır. Sabah_____ akşam_____ _____ çalışıyor. O sabah saat sekiz_____ akşam saat altı_____ _____ fabrikada bekliyor. İş_____ sonra fabrika_____ durak_____ _____ yürüyor ve sonra otobüse biniyor. Evde eşi Aylin Hanım onun için yemek hazırlıyor. Onlar akşam saat yedi buçuk_____ sekiz buçuk_____ _____ akşam yemeği yiyorlar. Sekiz_____ on_____ _____ televizyon seyrediyorlar. Coşkun Bey çok yorgun. Sabah_____ _____ uyuyor.

1. Coşkun'un işi nasıl?

_____

2. Ne zamana kadar çalışıyor?

_____

3. Nereye kadar yürüyor?

_____

4. Onlar kaç saat yemek yiyorlar?

_____

C. Soruları yanıtlayın.   請回答問題。

1. Birden ona kadar hangi rakamlar var?
2. Ocaktan mayısa kadar hangi aylar var?
3. Taipei'den Taichung'a kadar kaç kilometre?
4. Evden okula kadar neyle geliyorsun?
5. Sabahtan akşama kadar ne yapıyorsun?
6. Saat birden saat beşe kadar neredesin?
7. Buradan Türkiye'ye kadar direkt uçuş var mı?
8. Nereden nereye kadar ödev?
9. Ne zamandan ne zamana kadar ders yok?

✨ Neyle? Kiminle? "ile" bağlacı 用什麼？和誰？連接詞「ile」

Diyalog 1 `MP3-31`

- Okula neyle gidiyorsun?
- Otobüsle.
- Metro yok mu?
- Bazen de metroyla gidiyorum. Sen neyle gidiyorsun?
- Ben yürüyerek gidiyorum, evim çok yakın. Ama bazen bisikletle gidiyorum.
- Okula yalnız mı gidiyorsun?
- Hayır, genellikle arkadaşımla gidiyorum.

☀ 「與格」表示「共同、一起」的意思，可以用來回應「和（與）誰？」以及「用什麼（方式）？」的問句。當「與格」和名詞連寫的時候，該名詞最後一音節母音為a、ı、o、u時，「與格」寫成「-la」；最後一音節母音為e、i、ö、ü時，寫成「-le」。若該名詞以母音結尾的話，必須先墊入一個子音「y」再寫成「-yla」或是「-yle」。例如：「Arabayla gidiyorum.」與「Bardakla su içiyoruz.」。連接詞ile也可以與名詞分開單獨寫，例如：「Kalem ile yazıyorum.」。

A. Örnekteki gibi yapın.

請依照範例練習。

*Örnek: **Otobüsle** okula gidiyorum.*

1. Uçak_____ yolculuk yapıyorum.
2. Gemi_____ yolculuk çok zevkli.
3. Gözlük_____ kitap okuyorum.
4. Çubuk_____ makarna yiyorum.
5. Arkadaşım_____ konuşuyorum.
6. Sen_____ dost olmak istiyorum.
7. Merak_____ seni bekliyorum.
8. Mert'_____ randevum var.

B. Örnekteki gibi yapın.

請依照範例練習。

*Örnek: **Kiminle konuşuyorsun ? (kapıcı)***
*   ***Kapıcıyla konuşuyorum.***

1. Kiminle sinemaya gidiyor? (arkadaş)
   _____

2. Sınava nasıl giriyorsun? (heyecan)
   _____

3. Tatile neyle gidiyorsun? (araba)
   _____

4. Tatile kiminle gidiyorsun? (ailem)
   _____

5. Ahmet kiminle evleniyor? (Fatma)
   _____

C. Resimlere bakın, konuşun. 請看圖片進行對話。

uçakla

annemle

Şengül'le

korkuyla

cetvelle

kaşıkla

eşekle

silgiyle

Saatler: Saat kaç? Saat kaçta? 幾點？在幾點？

Diyalog 1 `MP3-32`

Mert: Saat kaç?
Beyhan: Saat sekiz. Niçin soruyorsun?
Mert: Bugün önemli bir toplantımız var.
Beyhan: Öyle mi? Toplantı saat kaçta başlıyor?
Mert: Saat on buçukta başlıyor. Hemen çıkıyorum.
　　　Toplantıya geç kalmak istemiyorum.
Beyhan: Eve saat kaçta dönüyorsun?
Mert: Bilmiyorum. Belki akşam saat yedide.
Beyhan: Tamam canım, akşam görüşürüz.

-(y)-ı, -i, -u, -ü → geçiyor.	biri, ikiyi, üçü, dördü, beşi, altıyı, yediyi, sekizi, dokuzu, onu
-(y)-a, -e → var.	
-(y)-ı, -i, -u, -ü → geçe	bire, ikiye, üçe, dörde, beşe, altıya, yediye, sekize, dokuza, ona
-(y)-a, -e → kala	

☀ 土耳其文有兩種表達時間的方式，一種是直接念出數字，例如：Saat on dört on beş（14.15）；另一種方式則是搭配「到格」或「受格」來表示，例如：Saat ona yedi var.（9.53）、Saat ikiyi çeyrek geçiyor.（14.15）。若想表達在某個時間做某件事的話，則以受格搭配副詞geçe或以到格搭配副詞kala來表示，例如：Saat yediyi çeyrek geçe uyanıyorum.（7.15）、Saat altıya yirmi kala işten çıkıyorum.（17.40）。

A. Örnekteki gibi yapın. 請依照範例練習。

Saat kaç? (7.00) 　*Saat kaç? (7.30)* 　*Saat kaç? (7.10)* 　　*Saat kaç? (6.50)*

Saat yedi. 　　*Saat yedi buçuk.* 　*Saat yediyi on geçiyor.* 　*Saat yediye on var.*

1. Saat kaç? (12.00) _____ 　　6. Saat kaç? (19.30) _____
2. Saat kaç? (16.30) _____ 　　7. Saat kaç? (12.30) _____
3. Saat kaç? (17.45) _____ 　　8. Saat kaç? (24.00) _____
4. Saat kaç? (10.10) _____ 　　9. Saat kaç? (08.50) _____
5. Saat kaç? (07.05) _____ 　　10. Saat kaç? (09.15) _____

B. Örnekteki gibi yapın. 請依照範例練習。

Saat kaçta kalkıyorsun? (7.00) 　*Saat kaçta yatıyorsun? (22.30)* 　*Film saat kaçta başlıyor? (19.35)*

Saat yedide. 　　　*Saat on buçukta.* 　　　*Saat sekize yirmi beş kala.*

1. Film saat kaçta başlıyor?

_____

2. Film kaç saat sürüyor?

_____

3. Saat kaçta buluşuyoruz?

_____

4. Saat kaçta yemek yiyorsun?

_____

5. Otobüs saat kaçta kalkıyor?

_____

✦ -mak / -mek için 「為了……」句型

☀ 土耳其文裡使用「-mak / -mek için」句型來表示做某件事情的目的。例如:「Türkçe öğrenmek için kursa gidiyorum.」(我去參加課程學土耳其文。)。

> Ben Toto. Ben Türkçe öğrenmek için kursa gidiyorum.
> Çay içmek için kafeteryaya gidiyorum.
> Alışveriş yapmak için markete gidiyorum.
> Sağlıklı olmak için spor yapıyorum.

A. Örnekteki gibi yapın. 請依照範例練習。

Örnek: Niçin lokantaya gidiyoruz?
   Yemek yemek için.

1. Niçin yemek yiyoruz?

   _____

2. Niçin tatile gidiyoruz?

   _____

3. Niçin bilet alıyorsunuz?

   _____

4. Niçin doktora gidiyorsunuz?

   _____

5. Niçin okula gidiyorsunuz?

   _____

6. Niçin çalışıyorsunuz?

   _____

7. Niçin piknik yapıyorsunuz?

   _____

B. Eşleştirin. 請配對。

1. *Pasta yapmak için*   kitap alıyorum.
2. Okumak için   bilet alıyorum.
3. Para kazanmak için   telefon alıyorum.
4. Zayıflamak için   *şeker alıyorum.*
5. Konuşmak için   rejim yapıyorum.
6. Otobüse binmek için   kalem alıyorum.
7. Mektup yazmak için   çalışıyorum.

C. Ne lazım?   需要什麼？

Örnek: Spor yapmak için ayakkabı lazım.

1. Kahve içmek için _____ lazım.
2. Uyumak için _____ lazım.
3. Dinlenmek için _____ lazım.
4. Yaşamak için _____ lazım.
5. Türkçe konuşmak için _____ lazım.

☀ 土耳其文中回應「為何？」、「為什麼？」等問句時可以使用çünkü、bundan dolayı、bu sebeple、bunun için、bu nedenle、bundan ötürü、bu yüzden等詞語。例如：「Lokantaya gidiyorum, çünkü açım.」（我要去餐廳，因為我肚子餓。）；「Benim dersim var. Bunun için sizinle sinemaya gelmiyorum.」（我有課，所以我不和你們去看電影。）。

D. Örnekteki gibi yapın.   請依照範例練習。

Örnek: dinlenmek / yorulmak

   Dinleniyorum, çünkü yoruluyorum.

   Yoruluyorum, bu nedenle dinleniyorum.

1. ders çalışmak / sınav var _____
2. hasta / hastaneye gitmek _____
3. kantine gitmek / çay içmek istemek _____
4. şemsiye almak / hava yağmurlu _____
5. yemek pişirmek / evde yemek yok _____
6. sinemaya gitmek / sevmek _____
7. müzik dinlemek / dinlenmek _____

A. Okuyun, soruları yanıtlayın.

請閱讀並回答問題。

Gürhan Hoca, Türkçe ders vermek için Tayvan'a geliyor. Gürhan'ın eşi Melike Hanım da Gürhan Hocayla birlikte geliyorlar. Onlar Tayvan'da bir yurtta kalıyorlar. Gürhan Hoca, her gün derse gitmeden önce erken kalkıyor. Duş aldıktan sonra kahvaltı yapıyor. Kahvaltıda peynirli tost yiyor, çay içiyor. Sonra evden çıkıyor. Okula kadar yürüyor. Otobüse binmiyor, çünkü okul çok yakın. Yurttan okula sadece 500 metre. Gürhan Hoca çok iyi bir öğretmen. O aynı zamanda çok iyi gitar çalıyor ve şarkı söylüyor. Dersten sonra öğrencileriyle müzik yapıyor.

1. Gürhan Hoca niçin Tayvan'a geliyor? _____
2. Gürhan Hoca ne zaman duş alıyor? _____
3. Neden otobüse binmiyor? _____
4. Dersten sonra neler yapıyor? _____

B. Dinleyin, boşlukları tamamlayın, soruları yanıtlayın.

請聆聽音檔後填空並回答問題。 MP3-33

Benim adım Şarkı. Tayvanlıyım. Yirmi _____. Üniversitede _____. Benim _____ annem, babam ve _____ var. Babam _____ aynı ofiste çalışıyorlar. Kardeşim ilkokula gidiyor. Sabahları çok erken kalkıyoruz. _____ annem kalkıyor ve kahvaltı hazırlıyor. _____ babam kalkıyor, kahvaltı _____ _____ tıraş oluyor. Daha sonra kardeşim kalkıyor ve hep birlikte kahvaltı yapıyoruz. Kahvaltı yap_____ _____ evden çıkıyoruz. Ben ve _____ okula servisle gidiyoruz. Annem ve babam bizi servis _____ _____ götürüyor.

1. Şarkı'nın ailesinde kaç kişi var? _____

2. Sabahları en erken kim kalkıyor? _____

3. Şarkı'nın kardeşi nereye gidiyor? _____

4. Onlar okula neyle gidiyorlar? _____

5. Babası ne zaman tıraş oluyor? _____

C. Doğru mu yanlış mı? 對或錯？

1. Şarkı ilkokula gidiyor. ( )
2. Kahvaltıyı Şarkı hazırlıyor. ( )
3. Şarkı'nın babası doktor. ( )
4. Şarkı okula otobüsle gidiyor. ( )
5. Kardeşi öğrencidir. ( )

A. Örnekteki gibi yapın. 請依照範例練習。

Toto'nun Bir Günü

06.30	Uyanmak
06.45	Duş almak
07.00	Kahvaltı hazırlamak
07.15	Kahvaltı yapmak
07.30	Giyinmek ve evden çıkmak
07.40	Durakta beklemek
07.50	Otobüs gelmek
08.10	Ofise varmak
10.20	Çay molası vermek
12.30	Öğle yemeği yemek
17.00	Eve dönmek
17.30	Evde

Toto sabah saat altı buçukta uyanıyor. Saat yediye çeyrek kala duş alıyor. Saat yedide kahvaltı hazırlıyor ve saat yediyi çeyrek geçe kahvaltısını yapıyor. Kahvaltıdan sonra saat yedi buçukta giyiniyor ve evden çıkıyor. Toto, on dakika durakta otobüs bekliyor. Otobüs saat sekize on kala geliyor. Toto, saat sekizi on geçe ofise varıyor. Onu yirmi geçeye kadar çalışıyor, sonra on dakika çay molası veriyor. Saat on iki buçukta restoranda öğle yemeği yiyor ve saat beşe kadar çalışıyor. Saat beş buçukta eve varıyor.

17.30	Okuldan çıkmak
18.00	Alışveriş
19.10	Akşam yemeği
20.10	Televizyon
	Kitap
23.30	Yatak

Ben saat beş buçukta okuldan çıkıyorum.

Sonra _____

_____

_____

_____

_____

_____

_____

_____

_____

_____

B. Resimleri hikâyeleştirin. 請根據圖片說故事。

06:30   08:10   12:15

06:45   08:30   13:30

07:00   09:00   16:40

A. Rıfat Karlova ile Sohbet 與 Rıfat Karlova 的訪談 MP3-34

- Merhaba Rıfat Bey. Nasılsınız?
- Teşekkür ederim, iyiyim.
- Size birkaç soru sormak istiyorum.
- Tabii, buyurun.
- Kaç yaşındasınız?
- Ben 36 yaşındayım.
- Evli misiniz?
- Hayır, evli değilim. Nişanlıyım.
- Hangi burçtansınız?
- Balık.
- İyimser misiniz? Karamsar mısınız?
- Ben genellikle iyimserim.
- Kitap okuyor musunuz?
- Evet, çok kitap okuyorum.
- Hobileriniz neler?
- Fotoğraf çekiyorum. Spor yapıyorum.
- Hangi spordan hoşlanıyorsunuz?
- Doğa sporlarından hoşlanıyorum.
- Sohbet için teşekkürler.
- Rica ederim. Ben teşekkür ederim.

B. Arkadaşınıza sorun, yanıtları yazın. 請詢問您的朋友並寫下回答。

1. Adın ne?

5. Boyun kaç?

9. Ne tür spordan hoşlanıyorsun?

2. Kaç yaşındasın?

6. Kilon kaç?

10. Kitap okuyor musun?

3. Nerede yaşıyorsun?

7. Nasıl bir insansın?

11. Ne tür kitaplar okuyorsun?

4. Hangi burçtansın?

8. Spor yapıyor musun?

12. Fobin var mı?

Sözcük Bankası 詞庫

Burçlar
koç - boğa - ikizler - yengeç - aslan - başak - terazi - akrep - yay - oğlak - kova - balık
Hobiler
balık tutmak - koleksiyon yapmak - fotoğraf çekmek - seyahat etmek - dans etmek
Fobiler
yükseklik - karanlık - yılan - fare - akrep - yalnızlık - kapalı alan
Karakteristik özellik
karamsar - iyimser - cömert - cimri - kindar - sabırlı - sabırsız

✴ **Alıştırmalar** 練習

A. Dinleyin, eşyalar kimin, yazın. 請聆聽音檔，寫出物品的主人。 MP3-35

( ) ( ) ( ) ( )

( ) ( ) ( ) ( )

( ) ( ) ( ) ( )

B. İnternetten şarkıyı dinleyin, boşlukları tamamlayın, birlikte söyleyin. 請從網路聆聽歌曲，填空後一起唱。

Araba

Gönül ister aradığını
Hep mi bekler hep mi bulamaz
Gönül ister tanıdığını
Hiç mi bilmez hiç mi soramaz
Beni alsa nafile nafile
Yerime bir şey koyamaz
Yalvarsam da kal diye kal diye
O yerinde hiç duramaz
O_____ araba_____ var güzel mi güzel
Şoför_____ de var özel mi özel
Bastı mı gaza gider mi gider
Maalesef ruh_____ yok
O_____ için hiç mi hiç şans_____ yok

Söz-Müzik: Mustafa Sandal

Hatırlayalım 回顧

A. Örnekteki gibi yapın.

請依照範例練習。

Örnek: Neyle kâğıt kesiyorsun?
Makasla kâğıt kesiyorum.

1. Neyle kapı açıyorsun?
_____

2. Neyle çorba içiyorsun?
_____

3. Neyle makarna yiyorsun?
_____

4. Neyle saçlarını tarıyorsun?
_____

5. Arabalar neyle çalışıyor?
_____

B. Örnekteki gibi yapın.

請依照範例練習。

Örnek: Çay içmek için bardak lazım.

1. Üşümemek için _____
2. Yüzmek için _____
3. Spor yapmak için _____
4. Islanmamak için _____
5. Parti için _____

C. Örnekteki gibi yapın.

請依照範例練習。

Örnek: (06.30) kalkmak
Saat altı buçukta kalkıyorum.

1. (08.10) ders başlamak
_____

2. (09.00) teneffüse çıkmak
_____

3. (09.10) sınıfta film izlemek
_____

4. (10.50) ders bitmek
_____

5. (11.30) öğle yemeği yemek
_____

D. Örnekteki gibi yapın.

請依照範例練習。

Örnek: yatmak / kitap okumak
Yatmadan önce kitap okuyorum.

1. futbol oynamak / duş almak
_____

2. partiye gitmek / dans etmek
_____

3. randevu almak / doktora gitmek
_____

4. mağazaya gitmek / alışveriş yapmak
_____

5. yemek yemek / bulaşıkları yıkamak
_____

E. Örnekteki gibi yapın.

請依照範例練習。

Örnek: Benim komşum avukat.

1. Siz_____ araba_____ yok mu?
2. O_____ bilgisayar_____ bozuk.
3. Sen_____ adres_____ burada yazıyor.

F. Örnekteki gibi yapın.

請依照範例練習。

Örnek: Benim kitabım çok eski.

1. Sen_____ şehir_____ neresi?
2. Siz_____ vakit_____ var mı?
3. Ben_____ cep_____ boş.

G. Örnekteki gibi yapın.

請依照範例練習。

Örnek: Benim evimde üç oda var.

1. Siz_____ ev_____ televizyon var mı?
2. Ben_____ şirket_____ 40 kişi çalışıyor.
3. Biz_____ sokak_____ köpek var.

H. Örnekteki gibi yapın.

請依照範例練習。

Örnek: Ben senin evine geliyorum.

1. O, ben_____ çanta_____ bakıyor.
2. Ben sen_____ araba_____ biniyorum.
3. Müdür ben_____ oda_____ giriyor.
4. Arkadaşım, ben_____ kitap_____ yazı yazıyor.

I. Örnekteki gibi yapın.

請依照範例練習。

Örnek: Ben senin köpeğinden korkuyorum.

1. Turistler, biz_____ ülke_____ ayrılıyorlar.
2. Ben sen_____ arkadaş_____ hoşlanmıyorum.
3. O, sen_____ ev_____ çıkıyor.
4. Ben, sen_____ masa_____ kalem alıyorum.

Dondurma yemek istiyorum.

Benim annem çok güzel.

Öğleden sonra ders yok.

Yazmadan önce dinliyorum.

Saat 12'ye kadar yokum.

Kazanmak için oynuyorum.

Seninle konuşmak istiyorum.

GİTME KAL
別走，留下來

學習重點

* 表達基本請求、邀約與徵求允許
* 分辨說話者的要求與目的
* 描述某物某地的方向、方位與相對位置
* 命令式
* 願望式
* 名詞修補（限定、非限定的名詞修補）
* 對話與轉述：「說、道」副詞

4

GİTME KAL

Diyalog 1 `MP3-36`

A: Veyselciğim, bugün alışverişe çıkalım mı? Dolap boş, bir şeyler alalım.

B: Olur canım. Önce bir liste yapalım, sonra çıkalım.

A: İstersen önce annemlere uğrayalım, annem de gelsin.

B: Olur, uğrayalım. Ama acele edelim, çok işim var.

A: Tamam, ben pazar çantasını alayım, sen arabayı çalıştır.

B: Araba hazır, seni bekliyorum, sen de hazır mısın?

A: Tamam geldim, haydi bas gaza, gidelim.

Diyalog 2 `MP3-37`

A: Merhaba Tuba, boş musun? Sinemaya gidelim mi?

B: Tabii. Hangi sinemaya gidelim?

A: Ximen'de güzel bir sinema var. Ne dersin?

B: Neden olmasın? İyi fikir. Saat kaçta gidelim?

A: Saat iki nasıl?

B: Bence olur. Ama sen önce git ve hazırlan!

A: Ne hazırlayayım?

B: Şemsiye ve kalın bir kazak al! Çünkü hava soğuk.

A: Sen de otobüs kartını almayı unutma!

A. Okuyun, soruları yanıtlayın. 請閱讀並回答問題。

Cenk spor yapmak istiyor

Arkadaşlar, bugün ders yok ve hava çok güzel. Sokağa çıkalım ve biraz spor yapalım. Cenk, sen topu getir! Ali, sen de Cenk'e yardım et! Diğer arkadaşlar bahçeye çıksınlar. Ben markete gideyim, su alayım. Siz de beni bahçede bekleyin. Gürültü yapmayın. Spordan sonra hep birlikte yemeğe gidelim. Köşede iyi bir restoran var. Orada kebap yiyelim, ayran içelim.

1. Onlar niçin spor yapıyorlar?

2. Cenk'e kim yardım ediyor?

3. Cenk ne yapıyor?

4. Spordan sonra ne yapıyorlar?

5. Ne yiyorlar, ne içiyorlar?

✨ Emir Kipi 命令式

☀ 土耳其文中「命令式」的句子可以用來表達「命令」、「要求」、「接受」、「拒絕」、「禁止」等意義。當動詞字根為母音結尾時，在加接第二人稱複數變化前必須先墊上子音「y」。第一人稱單數與複數沒有「命令式」。

Sen	al-	ver-	otur-	gül-	uyu-
O	al-**sın**	ver-**sin**	otur-**sun**	gül-**sün**	uyu-**sun**
Siz	al-**ın(ız)**	ver-**in(iz)**	otur-**un(uz)**	gül-**ün(üz)**	uyu-**y**-**un(uz)**
Onlar	al-**sınlar**	ver-**sinler**	otur-**sunlar**	gül-**sünler**	uyu-**sunlar**

A. Örnekteki gibi yapın. 請依照範例練習。

Örnek: pencereyi açmak

   Sen lütfen pencereyi aç!

1. dikkatli olmak _____
2. yavaş olmak _____
3. dikkat etmek _____
4. beni dinlemek _____
5. çok çalışmak _____
6. beni beklemek _____
7. ders çalışmak _____
8. sinemaya gitmek _____
9. telefon etmek _____
10. kitap okumak _____

B. Örnekteki gibi yapın. 請依照範例練習。

Ne yapsın?

Örnek: Çok açım!

   Yemek ye!

	Benim yanıtım	Arkadaşımın yanıtı
1. Hastayım.		
2. Uykum var.		
3. Üşüyorum.		
4. Evde yemek yok.		
5. O sinemayı sevmiyor.		
6. Çok ödevim var.		
7. Çok pahalı.		
8. Ev çok pis.		
9. Yorgunum.		
10. Çok tehlikeli.		

Dikkat et!	Sessiz ol!	Spor yap!
Telefon et!	Sağlıklı ol!	Ödev yap!
Teşekkür et!	Mutlu ol!	Görevini yap!
Kabul et!	Sabırlı ol!	Güzel yap!

Eylem + olumsuzluk eki (-ma / -me) + kişi eki 命令式否定句

Sen	al-**ma**	ver-**me**	otur-**ma**	gül-**me**
O	al-**ma-sın**	ver-**me-sin**	otur-**ma-sın**	gül-**me-sin**
Siz	al-**ma-y-ın(ız)**	ver-**me-y-in(iz)**	otur-**ma-y-ın(ız)**	gül-**me-y-in(iz)**
Onlar	al-**ma-sınlar**	ver-**me-sinler**	otur-**ma-sınlar**	gül-**me-sinler**

A. Örnekteki gibi yapın. 請依照範例練習。

Örnek: Öğrenciler gürültü yapmak.
Öğrenciler gürültü yapmasınlar.

1. O çok hızlı araba sürmek
2. Siz bana güvenmek
3. O sana yardım etmek
4. Hastanede insanlar yüksek sesle konuşmak
5. Kırmızı ışıkta karşıya geçmek
6. Yağmur yağıyor, şemsiyesiz çıkmak
7. Otobüs yok, burada beklemek
8. O film güzel değil, sinemaya gitmek
9. Köpekle lokantaya girmek
10. Burası tehlikeli, burada gezmek

☼ 土耳其文「命令式」中只有第三人稱單數與複數有疑問句型。例如：「O, sinemaya gitsin mi?」（要讓他去電影院嗎？）。

O	al-**sın mı?**	ver-**sin mi?**	otur-**sun mu?**	gül-**sün mü?**
Onlar	al-**sınlar mı?**	ver-**sinler mi?**	otur-**sunlar mı?**	gül-**sünler mi?**
O	al-**ma-sın mı?**	ver-**me-sin mi?**	otur-**ma-sın mı?**	gül-**me-sin mi?**
Onlar	al-**ma-sınlar mı?**	ver-**me-sinler mi?**	otur-**ma-sınlar mı?**	gül-**me-sinler mi?**

B. Örnekteki gibi yapın. 請依照範例練習。

Örnek: O tatil yapsın mı?
Evet, yapsın.
Hayır, yapmasın.

1. O resim yap_____ _____?
   Evet, _____
   Hayır, _____
2. Onlar eve git_____ _____?
   Evet, _____
   Hayır, _____
3. Onlar uyu_____ _____?
   Evet, _____
   Hayır, _____

4. Bilgisayar çalış_____ _____?
   Evet, _____
   Hayır, _____
5. Türkan şemsiye al_____ _____?
   Evet, _____
   Hayır, _____
6. Çocuklar parka git_____ _____?
   Evet, _____
   Hayır, _____
7. O yemek pişir_____ _____?
   Evet, _____
   Hayır, _____

Sözcük Bankası 詞庫

> **doğramak - hazırlamak - koymak - boşaltmak - pembeleştirmek - kıymak
> eklemek - kavurmak - ilave etmek - pişirmek - dizmek - dökmek - kapamak**

A. Okuyun. 請閱讀。

İbrahim Usta'nın Yemek Tarifi

Şimdi size bir yemek tarifi veriyorum. Kâğıdı, kalemi alın ve yazın. Bu yemek için 500 gram biftek, 3 adet soğan, 3 adet sivri biber, 3 diş sarımsak, 2 adet domates, bir kaşık tereyağı, bir miktar tuz, bir miktar salça, biraz un, biraz da kekik lazım.

Önce bunları hazırlayın ve bir köşeye koyun. Şimdi soğanları ince ince doğrayın, bir tencereye yağı koyun, sonra soğanları tencereye boşaltın ve kısık ateşte soğanları pembeleştirin.

Sonra biberleri küçük küçük kıyın, sarımsakları doğrayın ve bunları da tencereye koyun. Soğanları, biberleri ve sarımsakları biraz kavurun, daha sonra unu ilave edin ve kavurun. Domatesleri de küçük küçük doğrayın, tencereye koyun. Sonra salçayı ve bir miktar su ekledikten sonra, beş altı dakika kısık ateşte pişirin. En sonunda tuz ve kekiği ekleyin. Böylece sos hazır olur. Başka bir geniş tencereye biftekleri dizin. Sosu bifteklerin üzerine dökün ve tencerenin kapağını kapayın. Kısık ateşte yarım saat pişirin. İşte yemek hazır. Afiyet olsun!

B. Soruları yanıtlayın. 請回答問題。

1. Yemek yapmak için ne gerekli?
_____

2. Yemeği nasıl yapıyor?
_____

3. Sos için hangi baharatları kullanıyor?
_____

4. Unu ne zaman ilave ediyor?
_____

5. Yemeği nasıl ateşte pişiriyor?
_____

İstek Kipi　願望式

土耳其文中「願望式」是用來表達自己的意願，其疑問句則用來徵求允許。目前只有第一人稱單複數形態還常使用。例如：「Ben bir bardak su içeyim.」（Ben bir bardak su içmek istiyorum. / 我想喝杯水。）、「Ben de sizinle geleyim mi?」（Ben de sizinle gelmek istiyorum. Olur mu? / 我也想和你們一起去，可以嗎？）。

Ben	al-**ayım** al-**ma-yayım**	ver-**eyim** ver-**me-yeyim**	otur-**ayım** otur-**ma-yayım**	gül-**eyim** gül-**me-yeyim**	mi? mı?
Biz	al-**alım** al-**ma-yalım**	ver-**elim** ver-**me-yelim**	otur-**alım** otur-**ma-yalım**	gül-**elim** gül-**me-yelim**	

A. Örnekteki gibi yapın.

請依照範例練習。

Örnek: Ben dinlenmek istiyorum.
**　　　Ben dinleneyim.**

1. Uyumak istiyorum.

_____

2. Bir fincan kahve içmek istiyorum.

_____

3. Bisiklete binmek istiyorum.

_____

4. Piknik yapmak istiyoruz.

_____

5. Evlenmek istiyoruz.

_____

6. Taipei'de yaşamak istiyoruz.

_____

7. Diyet yapmak istiyorum.

_____

8. Tatil yapmak istiyoruz.

_____

B. Örnekteki gibi yapın.

請依照範例練習。

Örnek: Dışarıya çıkayım mı?
**　　　Evet, çık!**
**　　　Hayır, çıkma!**

1. Beraber tavla oynayalım mı?
Evet, _____.
Hayır, _____.

2. Sana yardım edeyim mi?
Evet, _____.
Hayır, _____.

3. Beraber tatile çıkalım mı?
Evet, _____.
Hayır, _____.

4. Arabayı şuraya park edeyim mi?
Evet, _____.
Hayır, _____.

5. Maça gidelim mi?
Evet, _____.
Hayır, _____.

6. Bulaşıkları yıkayayım mı?
Evet, _____.
Hayır, _____.

7. Bu akşam kahve içelim mi?
Evet, _____.
Hayır, _____.

8. Sana son bir şans vereyim mi?
Evet, _____.
Hayır, _____.

9. Sana inanayım mı?
Evet, _____.
Hayır, _____.

10. Sana bir sır vereyim mi?
Evet, _____.
Hayır, _____.

Birlikte çıkalım mı?

73

A. Dinleyin, soruları yanıtlayın. 請聆聽音檔並回答問題。

Türk Gecesi İçin Hazırlık `MP3-38`

1. Türk gecesi ne zaman?

2. Türk gecesinde ne yapmak istiyorlar?

3. Türk gecesi için alışveriş yapıyorlar mı?

4. Çince şarkı söylüyor mu?

5. Onlar kimi davet ediyorlar?

6. Kuaföre niçin gidiyorlar?

B. Eşleştirin. 請配對。

1. Lütfen gürültü yap_____
2. Köpekle gir_____
3. Şoförle konuş_____
4. Çöp at_____
5. *Yüksek sesle konuşmayın!*
6. Yerlere tükür_____
7. Sigara iç_____

hastanede
sokakta
okulda
lokantada
kapalı yerde
kütüphanede
otobüste

C. Okuyun, işaretleyin. 請閱讀並打勾。

	Ret	Öğüt	İstek	Emir	İzin	Öneri
1. Hemen masanı topla!				✓		

2. Sinemaya gidelim mi?
3. Hastasın! Doktora git!
4. Sana bir bardak çay alayım mı?
5. Ödevini yap! Yarın sınav var.
6. Hocam, şimdi okuyayım mı?
7. Hava çok soğuk, sokağa çıkma!
8. Burada sigara içmek yasak. İçmeyin!
9. Pencereyi açayım mı?
10. Saçlarımı kestireyim mi?
11. Bence sıcak bir çorba iç!
12. Lütfen müziğin sesini kıs!
13. Buraya park etme!
14. Birlikte futbol oynayalım mı?
15. Haydi dışarı çıkalım.

Ad Tamlaması (Belirtili ve Belirtisiz Ad Tamlaması) 名詞修補（限定與非限定的名詞修補）

Diyalog 1 MP3-39

A: İyi günler! Size bir şey sormak istiyorum.

B: Tabii, buyurun!

A: Ben yabancıyım. Tren istasyonuna gitmek istiyorum.

B: Hmm. Tren istasyonu buraya biraz uzak.
   Neyle gitmek istiyorsunuz?

A: Otobüs var mı?

B: Var. Otobüs durağı 20 metre ileride Efes Otelinin
   yanında. Oradan otobüse binin. İstasyon durağında inin.
   Tren istasyonu orada.

A: Çok teşekkür ederim.

B: Rica ederim. İyi günler.

Diyalog 2 MP3-40

A: Emre, burası neresi?

B: Orası Türkiye.

A: Bu dağın adı ne?

B: Bu dağın adı Ağrı dağı.

A: Türkiye'nin başkenti neresi?

B: İstanbul.

A: Hayır, İstanbul Türkiye'nin en büyük şehri, ama
   Türkiye'nin başkenti Ankara. Peki, Türkiye'nin kaç denizi var?

B: Türkiye'nin dört denizi var. Karadeniz, Marmara, Ege
   ve Akdeniz.

A: Aferin, 100 puan.

A. Okuyun, soruları yanıtlayın. 請閱讀並回答問題。

Benim Güzel Evim

Benim evim çok güzel. Evimin üç odası, iki balkonu, bir garajı ve büyük bir bahçesi var. Bahçenin demir kapısı, çeşitli ağaçları, rengârenk çiçekleri ve yanında küçük bir yüzme havuzu var. Evimizin garajında babamın eski bir arabası ve benim bisikletim var. Evimizin karşısında otobüs durağı var. Evimizin arkasında küçük ama güzel bir park var. Parkın sağında benim okulum, solunda kardeşimin okulu var. Kardeşimin adı Yağmur.

1. Evin kaç odası var? _____

2. Bahçenin kapısı nasıl? _____

3. Yüzme havuzu nerede? _____

4. Evin garajında neler var? _____

5. Evin karşısında ne var? _____

☀ 土耳其文的名詞修補詞綴也依諧音原則而會有所變化。例如：「sınıfın kapısı」、「evin bahçesi」、「okulun müdürü」。許多以硬子音「p、ç、t、k」結尾的名詞在加接修補語詞綴時會軟化為「b、c、d、ğ（或g）」。

ad + (n) -ın / -in / -un / -ün ev + in		ad + (s) -ı / -i / -u / -ü pencere + si
evin *pencere*si	otobüsün şoförü	çocuğun oyuncağı
müdürün sekreteri	Tayvan'ın başkenti	ağacın yaprağı
masanın üstü	kitabın sayfası	doktorun ofisi
çantanın içi	sınıfın öğretmeni	evin adresi

A. Örnekteki gibi yapın.

請依照範例練習。

Örnek: Evin penceresi açık.

1. Ev_____ iç_____ çok dağınık.
2. Okul_____ müdür_____ yaşlı.
3. Orman_____ kral_____ aslandır.
4. Otobüs_____ şoför_____ dikkatli.
5. Sinema_____ kapı_____ kapalı.
6. Pırasa_____ kilo_____ kaç lira?
7. Öğrenci_____ anne_____ Fransa'da.
8. Banka_____ koruma_____ yok.

B. Örnekteki gibi yapın.

請依照範例練習。

Örnek: Ayşe'nin babası doktordur.

1. Suna'_____ anne_____ ev hanımıdır.
2. Ülkü'_____ araba_____ çok pahalı.
3. Doğu'_____ pardösü_____ yeni mi?
4. Ankara'_____ hava_____ çok soğuk.
5. Türkiye'_____ ekonomi_____ güzel mi?
6. Amerika'_____ ordu_____ çok güçlü.
7. Fransa'_____ simge_____ Eiffel kulesidir.
8. İzmir'_____ deniz_____ temiz ve güzeldir.

C. Örnekteki gibi yapın. 請依照範例練習。

Örnek: Kitabın fiyatı ne?

1. Ağaç_____ yeşil_____ ne güzel!
2. Kazak_____ desen_____ çok farklı.
3. Yurt_____ adres_____ şurada yazılı.
4. Ev_____ dolap_____ eskidi.
5. Masa_____ ayak_____ kırık, dikkat et!
6. Araba_____ tekerlek_____ dün patladı.
7. Kalem_____ uç_____ sivri değil.
8. Öğrenci_____ dert_____ bitmiyor.

Tayvan'ın yemekleri çok lezzetli.

D. Sorun, yanıtları karşılaştırın. 問一問，比較彼此間的回答。

Kimin nesi var? Neyin nesi var?

Örnek: Özcan'ın nesi var?
　　　 Özcan'ın gözlüğü var.
　　　 Gözlüğün nesi var?
　　　 Gözlüğün camı var.

ad + (n) -ın / -in / -un / -ün ev + in	ad + (s) -ı / -i / -u / -ü + nın / -nin / -nun / -nün pencere + si + nin	ad + (s) -ı / -i / -u / -ü cam + ı

Ali'**nin** ev**inin** adres**i**　　　　Babam**ın** araba**sının** marka**sı**
Mehmet'**in** ceket**inin** reng**i**　　Sınıf**ın** klima**sının** motor**u**
Annem**in** teyze**sinin** oğl**u**　　　Öğrenci**nin** kitab**ının** sayfa**sı**

A. Örnekteki gibi yapın. 請依照範例練習。

Örnek: Ozan'_____ gömlek_____ renk_____ çok güzel.
　　　 Ozan'ın gömleğinin rengi çok güzel.

1. Sınıf_____ öğretmen_____ ad_____ Mehmet'tir.
2. Okul_____ müdür_____ eş_____ öğretmendir.
3. Ev_____ bahçe_____ kapı_____ açık.
4. Mağaza_____ sahip_____ araba_____ çok lüks.
5. Sinema_____ kapı_____ numara_____ ne?
6. Ali_____ amca_____ ad_____ ne?
7. Ayşe_____ anne_____ kardeş_____ mühendis.
8. Osman_____ arkadaş_____ ev_____ bu mahallede.
9. Murat_____ köpek_____ ad_____ Gümüş.

☀ 非限定的名詞修補中「修補者」（即前詞）不加詞綴，在「被修補者」（即後詞）加詞綴；由前後兩個名詞一起組成一個完整的意義，通常表達與擁有權無關的類別名詞概念。例如：çay bardağı（茶杯）、su bardağı（水杯）、güneş gözlüğü（太陽眼鏡）、çocuk ayakkabısı（童鞋）、Ankara Üniversitesi（安卡拉大學）。

ad + Ø		ad + (s) -ı / -i / -u / -ü	
kalem kutu**su**	Türk bayrağ**ı**	çalışma oda**sı**	Ankara Üniversite**si**
çöp kutu**su**	Tayvan bayrağ**ı**	yatak oda**sı**	Chengchi Üniversite**si**
ayakkabı kutu**su**	Fransa bayrağ**ı**	oturma oda**sı**	İstanbul Üniversite**si**

B. Örnekteki gibi yapın.

請依照範例練習。

Örnek: Matematik öğretmen_____
　　　 Matematik öğretmeni

1. Garanti Banka_____
2. Türk kahve_____
3. Amerikan dolar_____
4. Gece lamba_____
5. 2003 yıl_____
6. Mayıs ay_____
7. Pazar gün_____
8. Sabah kahvaltı_____
9. Akşam yemek_____
10. Kol saat_____
11. Ev ödev_____
12. Sokak kedi_____

☀ 第三人稱單複數所屬格與名詞修補後面要再加接像是在格、從格、到格或受格之前，必須先墊上子音「n」。例如：「Onun evinden geliyorum.」、「Onun evinde televizyon var.」、「Onların çocuklarına bakıyorum.」、「Bütün soruların cevaplarını biliyorum.」。

Onun	ev + i + **n** + **ad durum eki**
Onların	evler + i + **n** + **ad durum eki**

Chengchi Üniversitesi**nde**	Okulun bahçesi**nde**	Spor salonu**nda**
Chengchi Üniversitesi**nden**	Okulun bahçesi**nden**	Spor salonu**ndan**
Chengchi Üniversitesi**ne**	Okulun bahçesi**ne**	Spor salonu**na**

A. Örnekteki gibi yapın. 請依照範例練習。

Örnek: Sokak_____ köşe_____ dönüyorum.

Sokağın köşesinden dönüyorum.

1. Sınıf_____ öğretmen_____ korkuyor musun?
2. Bahçe_____ duvar_____ atlıyor.
3. Sınıf_____ pencere_____ nereye bakıyorsun?
4. Ali'_____ kardeş_____ hoşlanıyorum.

B. Örnekteki gibi yapın. 請依照範例練習。

Örnek: O_____ market_____ alışveriş yapıyoruz.

Onun marketinden alışveriş yapıyoruz.

1. Ali'_____ cep_____ para yok.
2. Mehmet_____ problem_____ anlamıyorsun.
3. Zeynep_____ muayenehane_____ geliyorsun.
4. Okan_____ ofis_____ gidiyorum.
5. Öğrenciler_____ sınıf_____ silgi yok.

C. Örnekteki gibi yapın. 請依照範例練習。

Örnek: Arkadaş_____ kardeş_____ para verdim.

Arkadaşımın kardeşine para verdim.

1. Sınıf_____ pencere_____ bir kuş kondu.
2. Türkiye'_____ dağlar_____ doya doya bak.
3. Öğretmen_____ söz_____ herkes güldü.
4. Ali'_____ araba_____ altı kişi birden bindi.

D. Boşlukları tamamlayın. 請填空。

Okul_____ kapı_____ yeni bir öğrenci giriyor. O_____ ad_____ İyon. İyon'_____ ülke_____ çok uzak. İyon'_____ arkadaşlar_____ hep_____ yabancı. İyon Türkiye'de Türk dil_____ ve Türk kültür_____ öğreniyor. İyon'_____ sınıf_____ yirmi öğrenci var. Öğrenciler genellikle Avrupa ülkeler_____ geliyorlar.

E. Eşleştirin, yazın.   請配對並寫下完整詞語。

1. *balık*	yıl	*balık eti*
2. erkek	kahve	
3. kadın	istasyon	
4. Tayvan	öğretmen	
5. Temmuz	banka	
6. yolcu	*et*	
7. matematik	ayakkabı	
8. tren	film	
9. Hollywood	çorap	
10. Türk	parfüm	
11. 2013	telefon	
12. çocuk	bilet	
13. cep	kurs	
14. iş	ay	
15. fotoğraf	makine	

Sözcük Bankası 詞庫

> ön - arka - sağ - sol - ileri - geri - yan - etraf - alt - üst - iç - dış
> kuzey - güney - doğu - batı
> köşe - kenar - orta - karşı - çapraz - aşağı - yukarı - ara - son - baş

A. Okuyun. 請閱讀。

Alpler, Avrupa'nın güneyindedir.
Kalem, çantanın içinde.
Kütüphane, kafeteryanın karşısında.
Çantanın içinden kalem alayım mı?
Parkın içinden geçelim mi?
Tayvan'ın güneyine gidelim mi?
Dosyayı masanın üstüne bırak!

B. Örnekteki gibi yapın. 請依照範例練習。

Örnek: Okul nerede?

> *Bu sokağın sonunda.*

1. Hastane nerede? _____
2. Otel nerede? _____
3. Duygu nerede? _____
4. Gece pazarı nerede? _____
5. 101 nerede? _____
6. Sinema nerede? _____

C. Okuyun, soruları yanıtlayın. 請閱讀並回答問題。

Burası Chengchi Üniversitesi. Tayvan'ın en iyi üniversitelerinden biridir. Üniversitenin on iki tane fakültesi var. Yabancı diller fakültesi bunlardan bir tanesidir. Yabancı diller fakültesinde Türkçe bölümü de var.

Şimdi sizlere bölümümüzü anlatayım. Bölümün bir kütüphanesi, bir toplantı odası, bir bilgisayar odası, bir bölüm başkanı odası, bir de öğrenci işleri var. Sınıflar bölümün karşısında. Türkçe bölümünün alt katında Arapça bölümü, üst katında ise Korece bölümü var. Öğrenci işleri ofisinin yanında bölüm başkanının ofisi var. Ayrıca koridorun sonunda öğrenci kulübü var. Öğrenciler burada çeşitli etkinlikler yapıyorlar.

1. Üniversitenin kaç fakültesi var?

_____

2. Türkçe bölümü nerede?

_____

3. Bölümün kütüphanesi var mı?

_____

4. Bölüm başkanının ofisi nerede?

_____

5. Öğrenci kulübü nerede?

_____

6. Arapça bölümü nerede?

_____

✨ diye 「說、道」副詞

☀ 土耳其文要轉述一段話給第三者有幾種方式，其中最簡單的方式是將整段話源源本本放在引號內轉述。另外一種是不用引號而在同一句話的後面使用「diye söyledi」。例如：「Özcan "Ali sinemaya gidiyor." dedi.」也可以寫成「Özcan, Ali sinemaya gidiyor diye söyledi.」（Özcan說Ali去電影院。）。

Örnek: 1. Öğretmen, öğrencilere *"Bugün hava çok sıcak." dedi.*

　　　　Öğretmen, öğrencilere bugün hava çok sıcak *diye söyledi.*

　　　2. Doktor hastaya *"Kendine dikkat et!" dedi.*

　　　　Doktor hastaya kendine dikkat et *diye söyledi.*

A. Okuyun, soruları yanıtlayın. 請閱讀並回答問題。

Rüzgâr ve Güneş

　　Bir gün rüzgâr güneşe sen mi güçlüsün ben mi, yarışalım mı diye soruyor. Güneş kabul ediyor ve yarışalım diye cevap veriyor. Rüzgâr güneşe, yoldaki adamı görüyor musun diye soruyor. Güneş, evet o adamı görüyorum diye cevap veriyor.

Rüzgâr, adamın paltosunu önce kim çıkarıyor ise o kazansın diyor. Güneş bu fikri kabul ediyor. Önce rüzgâr var gücüyle esiyor. Fakat gücü yolcunun paltosunu çıkarmak için yetmiyor. Yolcu soğuk yüzünden paltosuna daha da sarılıyor. Güneş bütün sıcaklığıyla parlıyor. Bir süre sonra her yer cehennem gibi sıcak oluyor. Yolcu dayanamıyor ve paltosunu çıkarıyor. Böylece güneş bu yarışmayı kazanıyor.

1. Rüzgâr güneşe ne öneriyor?

　_____

2. Güneş öneriyi kabul ediyor mu?

　_____

3. Adamın paltosunu önce kim çıkarıyor?

　_____

diye sordu
diye cevap verdi
diye söyledi
diye konuştu
diye anlattı
diye düşündü
diye ağladı
diye güldü

B. Metni diyalog şeklinde yazın. 請將文章改寫成對話。

Rüzgâr: Sen mi güçlüsün, ben mi?

Güneş: Ben güçlüyüm.

Rüzgâr: Yarışalım mı?

Güneş: _____

_____

_____

_____

_____

_____

_____

_____

✨ Alıştırmalar 練習

A. Örnekteki gibi yapın. 請依照範例練習。

Örnek: Sen tatlı ye!

  Sen tatlı yeme!

1. O sigara içsin.

_____

2. O gazete okusun.

_____

3. Siz buraya park edin.

_____

4. Siz şurada dinlenin.

_____

5. Onlar bulaşık yıkasınlar.

_____

B. Örnekteki gibi yapın. 請依照範例練習。

Örnek: Ben tatil yapayım mı?

  Evet, sen tatil yap.

  Hayır, sen tatil yapma!

1. Ben resim yap_____ _____?
   Evet, _____.
   Hayır, _____.
2. Biz televizyon seyret_____ _____?
   Evet, _____.
   Hayır, _____.
3. Ben biraz dinlen_____ _____?
   Evet, _____.
   Hayır, _____.
4. Biz dans et_____ _____?
   Evet, _____.
   Hayır, _____.
5. Ben onu affet_____ _____?
   Evet, _____.
   Hayır, _____.

C. Örnekteki gibi yapın. 請依照範例練習。

Örnek: O çok hızlı araba (sürmek)

  O çok hızlı araba sürmesin!

1. Siz bana (güvenmek)

_____

2. O sana yardım (etmek)

_____

3. Hastanede yüksek sesle (konuşmak)

_____

4. Kırmızı ışıkta karşıya (geçmek)

_____

5. Yağmur yağıyor, şemsiyesiz (çıkmak)

_____

D. Boşlukları tamamlayın.

請填空。

1. Ben_____ okul_____
2. Sen_____ ev_____
3. O_____ arkadaş_____
4. Biz_____ sınıf_____
5. Siz_____ baba_____
6. Onlar_____ akraba_____

E. Boşlukları tamamlayın.

請填空。

1. Okul_____ bahçe_____ (ben)
2. Ev_____ balkon_____ (sen)
3. Arkadaş_____ araba_____ (o)
4. Sınıf_____ pencere_____ (biz)
5. Akraba_____ ev_____ (siz)
6. Öğretmen_____ ad_____ (onlar)

F. Boşlukları tamamlayın. 請填空。

1. Deniz_____ mavi_____, gül_____ kırmızı_____, ağaç_____ yeşil_____ ne güzel!
2. Türkiye'_____ dağlar_____, denizler_____, ovalar_____ doya doya gez.
3. Biz_____ sınıf_____ en başarılı öğrenci_____ Ali'dir.
4. Sınıf_____ açık pencere_____ denize bakıyorum.
5. Pazar gün_____ sinemaya, salı akşam_____ tiyatroya gidiyorum.
6. Biz_____ okul_____ kütüphane_____ çok kitap var.
7. O, anne_____ korkuyor, baba_____ saygı duyuyor.

G. Boşlukları tamamlayın. 請填空。

A: Siz_____ telefon numara_____ kaç?
B: Telefon numara_____ 3021012
A: Ev_____ adres_____ nedir?
B: Ev_____ adres_____ bilmiyorum.
A: Ev_____ şehir_____ güney_____ mi kuzey_____ mi?
B: Ev_____ şehir_____ güney_____
A: Ev_____ bahçe_____ var mı?
B: Hayır, ev_____ bahçe_____ yok.
A: Ev_____ köpek besliyor musunuz?
B: Hayır, ev_____ köpek yok, ama kedi var.
A: Kedi_____ ad_____ ne?
B: Kedi_____ ad_____ Boncuk.

Hatırlayalım 回顧

Arkadaşınıza sorun, yanıtları yazın. 請詢問您的朋友並寫下回答。

1. Bunlar senin mi?

2. Tuvalet nerede?

3. Kimde sözlük var?

4. Bu kimin sözlüğü?

5. Dersten sonra ne yapmak istiyorsun?

6. Bugün hava nasıl?

7. Bugün günlerden ne?

8. Salıdan sonra hangi gün var?

9. Spor yapıyor musun?

10. Sinemaya gidelim mi?

11. Serap'ın annesi doktor mu?

12. Tayvan'ın başkenti neresi?

13. Şimdi saat kaç?

14. Ders saat kaçta bitiyor?

15. Ne zamana kadar çalışıyorsun?

16. Okula kiminle gidiyorsun?

17. Neyle yemek yiyorsun?

18. Bir haftada kaç gün var?

19. Sen kime yardım ediyorsun?

20. Kimin arabasına biniyorsun?

Sınıfta gürültü yapmayın!

Kendine çok iyi bak!

Benimle çıkar mısın?

Sınıfta sigara içme!

Lütfen beni iyi dinleyin!

Akşam beni ara!

Sinemaya gidelim mi?

Haydi mantı yiyelim.

NOT

GİTTİK GEZDİK GÖRDÜK
我們去、遊覽、見聞

* 敘述親身體驗、親眼看到的事情
* 敘述過去的習慣，過去的經歷
* 確實過去式
* 名詞句的確實過去式
* 現在 - 確實過去複合式時態
* 動名詞的使用
* 質詞（-ki）
* 受格

GİTTİK GEZDİK GÖRDÜK

Diyalog 1 MP3-41

A: Gönül, merhaba. Bugün nasılsın?

B: Teşekkür ederim hocam, iyiyim.

A: Gönül, hafta sonu neler yaptın?

B: Hastaydım. Hep evdeydim. Hiçbir şey yapmadım. Sadece evde oturdum, kitap okudum, televizyon seyrettim ve bol bol dinlendim.

A: Geçmiş olsun! Doktora gitmedin mi?

B: Gittim. Doktor bana ilaç verdi. İlaçlarımı kullanıyorum.

Diyalog 2 MP3-42

A: Bu sabah kahvaltı yaptın mı?

B: Evet, çok iyi bir kahvaltı yaptım.

A: Kahvaltıda neler vardı?

B: Yumurta, peynir, zeytin ve reçel vardı. Sen kahvaltını yaptın mı?

A: Hayır, yapmadım. Çok işim vardı.

B: Peki, acıkmadın mı?

A: Hem de çok acıktım. Kurt gibi açım.

B: O zaman beni yemeden önce sana bir tost hazırlayayım.

A. Okuyun, soruları yanıtlayın. 請閱讀並回答問題。

Uğur'un Park Yürüyüşü

Dün öğleden sonra çok yorgundum. Banyo yaptım ve banyodan sonra parkta yürümek için eşimle sokağa çıktım. Hava çok güzeldi. Çocuklar anneleriyle beraber sokakta yürüyorlardı. Çocuklar anneleriyle beraber çok mutlulardı. Bu park eskiden çok güzeldi. Ama şimdi…!? Şimdi insanlar ne yapıyorlar? Orada pek çok kamyon, araba vardı. İşçiler de vardı. Biraz yürüdüm, yaklaştım. Bir adama, burada ne yapıyorsunuz diye sordum. Adam, buraya futbol sahası yapıyoruz diye cevap verdi. Futbolu seviyorum ama güzel parkı daha çok seviyorum. Biraz üzüldüm ve oradan ayrıldım.

1. Sokakta kimler vardı, ne yapıyorlardı?

_____

2. O gün hava nasıldı?

_____

3. Park yerine ne yapıyorlar?

_____

B. Doğru mu yanlış mı? 對或錯？

1. Uğur park için üzülüyor.　　　　( )
2. Uğur çocukları çok seviyor.　　( )
3. Uğur parka arabayla gidiyor.　( )
4. Uğur'un evi parka yakın.　　　( )

Belirli Geçmiş Zaman -dı (-di, -du, -dü, -tı, -ti, -tu, -tü) 確實過去式

 土耳其文中「確實過去式」是用來表達我們確實知道、見到的過去事實。加接在動詞字根後的「確實過去式」型態，同樣根據母音諧音原則與子音諧音原則而有所變化。例如：geldim、içtim、güldüm、koştum等。

 動詞字根如果是以「ç、f、h、k、p、s、ş、t」等硬子音結尾的話，「確實過去式」基本型態中的「d」會變成「t」（即子音諧音）。

eylem	Geçmiş zaman eki	Kişi eki
al- ver- otur- gül- koş- iç-	a - ı → -dı / -tı e - i → -di / -ti o - u → -du / -tu ö - ü → -dü / -tü	Ben → -m Sen → -n O → - Biz → -k Siz → -nız / -niz / -nuz / -nüz Onlar → -lar / -ler

al-	ver-	oku-	gör-	iç-
aldım	verdim	okudum	gördüm	içtim
aldın	verdin	okudun	gördün	içtin
aldı	verdi	okudu	gördü	içti
aldık	verdik	okuduk	gördük	içtik
aldınız	verdiniz	okudunuz	gördünüz	içtiniz
aldılar	verdiler	okudular	gördüler	içtiler

A. Örnekteki gibi yapın. 請依照範例練習。

Örnek: Ben sinemaya git_____.

     Ben sinemaya gittim.

1. Biz lokantada yemek ye_____.
2. Sen dün ne ye_____?
3. O ne oku_____?
4. Onlar bizi çok sev_____.
5. Ben dün spor yap_____.
6. Siz çok çalış_____.

B. Örnekteki gibi yapın. 請依照範例練習。

Örnek: ben - sebze - almak - market

     Ben marketten sebze aldım.

1. geçen - mezun olmak - yıl - ben

_____

2. biz - piknik - geçen - gitmek - hafta

_____

3. siz - söylemek - ben - yalan - niçin

_____

4. öğrenciler - sokak - oynamak - top

_____

5. Toto - dün - erken - kalkmak - çok

_____

C. Örnekteki gibi yapın. 請依照範例練習。

Örnek: Geçen yıl nerede tatil yaptınız?

　　　　Geçen yıl Türkiye'de tatil yaptım.

1. Üç gün önce nereye gittiniz?

_____

2. Dün nerede yemek yediniz?

_____

3. Size Türkçeyi kim öğretti?

_____

4. Ders ne zaman bitti?

_____

5. Maçı kim kazandı?

_____

6. Raporu kiminle hazırladın?

_____

7. Japonya'ya nasıl gitti?

_____

A. Dinleyin, boşlukları tamamlayın, soruları yanıtlayın.

請聆聽音檔、填空並回答問題。

Piknikte `MP3-43`

Dün pikniğe _____. Gitmeden önce
yiyeceklerimizi, içeceklerimizi _____. Çocuklar
top oynamak için toplarını, ip atlamak için iplerini, kitap
okumak için kitaplarını yanlarına _____.
Berrin de evde pasta ve börekler _____.
Biz de tavla oynamak için tavlayı yanımıza _____.
Hep birlikte ormana _____. Ormanda hava
çok temizdi. Ormanda çok güzel vakit _____.
Herkes çok _____. Her taraf _____. Bir
hafta sonra tekrar pikniğe gitmeye _____
_____ .

B. Dinleyin, boşlukları tamamlayın, soruları yanıtlayın.

請聆聽音檔、填空並回答問題。

İlkbahar Geldi `MP3-44`

Bu yıl ilkbahar çok erken _____. Yavaş yavaş
çiçekler açmaya, göçmen kuşlar gelmeye, kadınlar bahar
temizliği yapmaya _____. Siz de biliyorsunuz, bir
yılda dört mevsim var ve birçok insan bahar mevsimini
_____. Baharda her taraf cıvıl cıvıl. Bu mevsimde
insanlar parklara _____. Herkes kendini sokağa
_____ ve ilkbaharın kokusunu içine _____.
Mustafa Bey de eşiyle geçen hafta sonu sokağa _____
ve uzunca yürüyüş _____, bir bankta _____
ve kuşların cıvıltısını _____.

Sözcük Bankası 詞庫

> **dün, eskiden, geçenlerde, dün sabah, dün akşam, dün gece, az önce, biraz önce, iki saat önce, bir gün önce, bir hafta önce, bir ay önce, bir yıl önce, aylar önce, yıllar önce, geçen sabah, geçen akşam, geçen gece, geçen gün, geçen hafta, geçen ay, geçen yıl, geçen yaz, geçen kış...**

C. Boşlukları tamamlayın. 請填空。

Örnek: _____ *tatilde Türkçe öğrendim.*

      Geçen yaz tatilde Türkçe öğrendim.

1. _____ çay içtim.
2. _____ tatile gittim.
3. _____ televizyon seyrettim.
4. _____ kitap okudum.
5. _____ ders çalıştım.
6. _____ evlendim.
7. _____ mezun oldum.
8. _____ yeni bir araba aldım.

Belirli Geçmiş Zaman olumsuz -madı (-medi) 確實過去式否定句

eylem	Olumsuzluk eki	Geçmiş zaman eki	Kişi eki
al- ver- otur- gül- koş- iç-	a - ı - o - u → ma e - i - ö - ü → me	-dı -di	Ben → -m Sen → -n O → - Biz → -k Siz → -nız / -niz Onlar → -lar / -ler

al-	ver-	oku-	gör-	iç-
almadım	vermedim	okumadım	görmedim	içmedim
almadın	vermedin	okumadın	görmedin	içmedin
almadı	vermedi	okumadı	görmedi	içmedi
almadık	vermedik	okumadık	görmedik	içmedik
almadınız	vermediniz	okumadınız	görmediniz	içmediniz
almadılar	vermediler	okumadılar	görmediler	içmediler

A. Örnekteki gibi yapın. 請依照範例練習。

Örnek: Ben dün hiç ders çalış_____

    *Ben dün hiç ders çalış*madım.

1. O hiçbir şey ye_____
2. Biz asla yalan söyle_____
3. Onlar henüz o filmi seyret_____
4. Siz bize gel_____
5. Sen bu kitabı bitir_____
6. Ben geçen yıl tatil yap_____
7. Bu sabah derse geç kal_____

> Çok acıktım.
> Yemek yiyelim!

B. Örnekteki gibi yapın. 請依照範例練習。

Örnek: Marketten meyve aldım.　*Marketten meyve almadım.*

1. O filmi daha önce seyrettim. _____
2. Biraz önce yemek yedim. _____
3. Geçen ay spora başladım. _____
4. Bu sabah 5 kilometre koştum. _____
5. Arkadaşıma bir mektup yazdım. _____
6. Dün sinemaya gittim. _____
7. Bu sabah gazete okudum. _____
8. Akşam yemeğini hazırladım. _____
9. Bu soruyu iyi anladım. _____
10. Müzik dinledim. _____

Hazırlık Sözcükleri 先備詞彙

mahvetmek, istifa etmek, alışmak, âşık olmak, götürmek, unutmak, nüksetmek memuriyet, tütün, şiir

A. Dinleyin, tekrar edin. 請聆聽並複誦。 MP3-45

Güzel Havalar

Beni bu güzel havalar mahvetti,
Böyle havada istifa ettim
Evkaftaki memuriyetimden.
Tütüne böyle havada alıştım,
Böyle havada âşık oldum;
Eve ekmekle tuz götürmeyi
Böyle havalarda unuttum;
Şiir yazma hastalığım
Hep böyle havalarda nüksetti;
Beni bu güzel havalar mahvetti.

Orhan Veli

B. Okuyun, soruları yanıtlayın. 請閱讀並回答問題。

Orhan Veli

Orhan Veli, 13 Nisan 1914 tarihinde doğdu. Tam adı Orhan Veli Kanık'tır. Ancak herkes onu Orhan Veli diye tanıdı. Orhan Veli çok önemli bir Türk şairidir. Şiirlerinde genellikle sokaktaki adamı yazdı. Orhan Veli, şiirden başka hikâye, deneme, makaleler yazdı. Ayrıca çeviri de yaptı. Shakespeare'in *Hamlet* eserini Türkçeye çevirdi.

Orhan Veli, 1932 yılında Ankara Lisesi'ni bitirdi. Aynı yıl İstanbul Üniversitesi Edebiyat Fakültesi Felsefe Bölümüne girdi, ama 1935'te fakülteyi bitirmeden bıraktı. Askerliğini yaptıktan sonra Milli Eğitim Bakanlığının tercüme bürosuna girdi ve iki yıl çalıştı. Daha sonra Bakanlıktan ayrıldı ve *Yaprak* adlı on beş günlük sanat dergisini çıkarmaya başladı. Şiirleri *Varlık* dergisinde yayımlandı. Şiir kitapları şunlardır: *Garip*, *Vazgeçemediğim*, *Destan Gibi*, *Yenisi*, *Karşı* ve *Bütün Şiirleri*. Orhan Veli, 14 Kasım 1950'de beyin kanamasından öldü.

1. Orhan Veli'nin tam adı nedir?

_____

2. O, şiirlerinde daha çok kimi yazdı?

_____

3. O, şiirden başka neler yazdı?

_____

4. Şiirleri hangi dergide yayımlandı?

_____

5. Ne zaman vefat etti?

_____

C. Yazın! 寫寫看！

Siz güzel havalarda neler yaptınız?
Ben güzel bir havada onunla tanıştım.

_____

_____

_____

_____

_____

_____

_____

Belirli Geçmiş Zaman Soru 確實過去式疑問句

Eylem	Geçmiş Zaman Eki	Kişi eki	Soru eki
at- sev- tut- öp- koş- git-	a - ı → -dı / -tı e - i → -di / -ti o - u → -du / -tu ö - ü → -dü / -tü	Ben → -m Sen → -n O → - Biz → -k Siz → -nız / -niz / -nuz / -nüz Onlar → -lar / -ler	mı mi mu mü

at-	sev-	tut-	öp-	koş-
attım mı?	sevdim mi?	tuttum mu?	öptüm mü?	koştum mu?
attın mı?	sevdin mi?	tuttun mu?	öptün mü?	koştun mu?
attı mı?	sevdi mi?	tuttu mu?	öptü mü?	koştu mu?
attık mı?	sevdik mi?	tuttuk mu?	öptük mü?	koştuk mu?
attınız mı?	sevdiniz mi?	tuttunuz mu?	öptünüz mü?	koştunuz mu?
attılar mı?	sevdiler mi?	tuttular mı?	öptüler mi?	koştular mı?

A. Örnekteki gibi yapın.

請依照範例練習。

Örnek: Kitapları çantaya koydun mu?

Evet, kitapları çantaya koydum.

Hayır, kitapları çantaya koymadım.

1. Temizlik yap_____ _____?
   Evet, _____
   Hayır, _____

2. Ödevlerinizi yap_____ _____?
   Evet, _____
   Hayır, _____

3. Ders başla_____ _____?
   Evet, _____
   Hayır, _____

4. Bana hediye al_____ _____?
   Evet, _____
   Hayır, _____

5. Çocuklar erken uyu_____ _____?
   Evet, _____
   Hayır, _____

6. Siz Türkiye'yi sev_____ _____?
   Evet, _____
   Hayır, _____

7. O dişlerini fırçala_____ _____?
   Evet, _____
   Hayır, _____

B. Soruları bulun. 請寫出問句。

Örnek: Acıktın mı?

Evet, çok acıktım.

1. _____?
   Marketten sebze ve meyve aldım.

2. _____?
   Dün gittim.

3. _____?
   Fenerbahçe kazandı.

4. _____?
   Hayır, telefon etmedim.

5. _____?
   Hayır, çocuklar daha uyumadılar.

C. Örnekteki gibi yapın.

請依照範例練習。

Örnek: Şimdi ders çalışıyorum.

Dün ders çalıştım.

1. Şimdi kitap okuyorum.
   _____

2. Şimdi şarkı söylüyoruz.
   _____

3. Şimdi Türkçe öğreniyorum.
   _____

4. Şimdi film seyrediyorum.
   _____

5. Seni iyi anlıyorum.
   _____

Ad Cümlelerinde Belirli Geçmiş Zaman 名詞句的確實過去式

A. Dinleyin, tekrar edin. 請聆聽並複誦。

Sinemada `MP3-46`

A: Dün neredeydin? Seni çok aradım.

B: Öyle mi? Dün arkadaşlarla sinemadaydım. Telefonum kapalıydı, duymadım. Ne oldu?

A: Önemli bir şey yok. Sadece sınav sonucunu merak ettim.

B: Sağ ol! Sınavım iyi geçti. Bu nedenle hep birlikte sinemaya gittik.

A: Film nasıldı?

B: Film çok ilginçti. Zaman zaman ağladık.

A: Filmin adı neydi?

B: Babam ve Oğlum.

---

ad / sıfat + (y) + dı (di / du / dü / tı / ti / tu / tü) + kişi eki

Film çok güzeldi.	Dün hava kötüydü.	Bütün gün evdeydim.
Telefonum kapalıydı.	Sınav çok kolaydı.	Sen neredeydin?
Pazar kalabalıktı.	Dün hastaydım.	Akşama kadar işteydim.

ad / sıfat değil + di + kişi eki

Hava yağmurlu değildi.	Ben yaramaz değildim.	Dün evde değildik.
Yemek lezzetli değildi.	Pazar kalabalık değildi.	Kitaplar pahalı değildi.
Film güzel değildi.	O mutlu değildi.	Sen şişman değildin.

ad / sıfat mı (mi / mu / mü) + y + dı (di / du / dü) + kişi eki

Sen evde miydin?	Sınav zor muydu?	O hasta mıydı?
Çocuk aç mıydı?	Sen evli miydin?	Biz mutsuz muyduk?
Siz meşgul müydünüz?	O sabırlı mıydı?	Sen dikkatli miydin?

B. Soruları yanıtlayın. 請回答問題。

1. Dün hava nasıldı? _____
2. Dün sınav nasıldı? _____
3. Sen çocukken nasıldın? _____
4. Geçen yıl tatil nasıldı? _____
5. Parti nasıldı? _____
6. Piknik ne zamandı? _____
7. Dün kiminleydin? _____
8. Dün partide kimler vardı? _____

Mars'a gittim.
Hava güzeldi!

✦ Şimdiki Zamanın Hikâyesi (-yordu) 現在 - 確實過去複合時態

A. Dinleyin, tekrar edin. 請聆聽並複誦。

Ayaküstü `MP3-47`

A: Merhaba Hilal. Tilbe'yi arıyorum. Gördün mü?

B: Evet hocam, gördüm. Yarım saat önce kütüphanede kitap okuyordu. Ama şimdi orada mı bilmiyorum.

A: Sende onun numarası var mı?

B: Var hocam. Hemen veriyorum.

A: Tamam, yazıyorum. Sen nereye gidiyorsun?

B: Ben ofise gidiyorum. Bu paketi Canan'a vereyim.

A: Öyle mi? Ama Canan ofiste değildi. On dakika önce toplantıdaydı. Nur Hanım'la konuşuyorlardı.

B: Teşekkür ederim hocam.

B. Dinleyin, tekrar edin. 請聆聽並複誦。

Yaşlılık `MP3-48`

A: Oof! of!

B: Hayırdır! Ne oldu? Of çekiyorsunuz.

A: Artık yaşlandım. Bak gözlüğüm yok. Gazeteyi okuyamıyorum. Eskiden gözlüksüz okuyordum. Ayrıca çok unutkan oldum. Kolayca unutuyorum. Eskiden her şeyi hatırlıyordum. Ayaklarım da artık güçlü değil. Eskiden şu merdivenleri çift çift çıkıyordum.

B: Bence hâlâ gençsiniz. Genç görünüyorsunuz.

A: Teşekkür ederim. Çok naziksin!

☀ 土耳其文的「現在-確實過去複合時態」，常用來表達某件過去所做的事今日已經不做，或者換了另一種方式進行。例如：「Ben eskiden Türkçe bilmiyordum.」（我以前不懂土耳其文。）句中陳述的是某人過去不懂土耳其文，而現在已經學會了。

Eylem	Şimdiki zaman eki	Geçmiş zaman eki	Kişi eki
at- sev- tut- öp-	a - ı → -ıyor e - i → -iyor o - u → -uyor ö - ü → -üyor	-du	Ben → -m Sen → -n O → - Biz → -k Siz → -nuz *Onlar → -lar + dı

C. Örnekleri okuyun, yazın. 請閱讀範例並造句。

Ben eskiden;

1. Gözlüksüz okuyordum.
2. Günde 9 saat çalışıyordum.
3. Geceleri süt içiyordum.
4. Çok spor yapıyordum.
5. Babamla balığa gidiyorduk.

Sen eskiden neler yapıyordun?

_____

_____

_____

_____

_____

A. Okuyun, eşleştirin, soruları yanıtlayın. 請閱讀、配對並回答問題。

1.

| Nicolas Cage Doğum yılı: 1964 | ☐ | Ben sanat dünyasının içinde doğdum. Babam bir edebiyat profesörüydü ve amcam ünlü bir sinema yönetmeniydi. Ben çocukken bir müzisyene hayrandım. Bu nedenle kendi adımı değiştirdim ve onun adını aldım. |

2.

| Meg Ryan Doğum yılı: 1961 | ☐ | Ben dünyanın en yakışıklı aktörlerinden biriyim. Çocukken de sevimli ve güler yüzlüydüm. Aktör olmak her zaman idealimdi. Önce gazetecilik okudum, ama sonra Güzel Sanatlar Akademisine gittim. Aktör olmadan önce tavuk kostümüyle çeşitli tanıtımlarda çalışıyordum. |

3.

| Brad Pitt Doğum yılı: 1963 | ☐ | "Mesajınız Var" filmini izlediniz mi? Ben o filmin başrol oyuncusuyum. Benim annem ve babam da oyuncuydu. Aslında idealim bir film yıldızı olmak değildi. Bu nedenle üniversitede gazetecilik okudum. Oyunculuğa para kazanmak için başladım. |

1. Kim çocukken sevimliydi? _____
2. "Mesajınız Var" filminin başrol oyuncusu kimdi? _____
3. Kimin annesi ve babası oyuncuydu? _____
4. Kim aktör olmadan önce çalışıyordu? _____
5. Kimin ideali aktör olmaktı? _____
6. Kim adını değiştirdi? _____

B. Örnekteki gibi yapın. 請依照範例練習。

Örnek: Dün bu saatlerde tenis oynuyor muydun?

Hayır, oynamıyordum. Evdeydim, uyuyordum.

1. Geçen hafta seni gördüm. Nereye gidiyordun? _____
2. Çocukken süt içiyor muydun? _____
3. Lisede basketbol oynuyor muydun? _____
4. Üniversitede çok ders çalışıyor muydun? _____
5. Sen bu kadar iyi Türkçe konuşuyor muydun? _____
6. Türkiye'de simit yiyor muydun? _____
7. Türkiye'de kimlerle görüşüyordun? _____

Adlaştırma (-mak / -maya / -makta / -maktan / -mayı) 動名詞

Taipei'de Sonbahar

Ben sonbahar mevsimini çok seviyorum. Sonbaharın gelmesini dört gözle bekliyorum. Yaprakların sararması ve ağaçlardan yaprakların dökülmesi beni mutlu ediyor. Bu mevsimde fotoğraf çekmek, yaprakların üstünde yürümek, dağlara gidip temiz hava almak bir başka güzellik. Ben genellikle sonbaharda dağlara çıkmayı ve fotoğraf çekmeyi çok seviyorum.

Geçen hafta bir arkadaşımla Yan-Ming dağına gitmeye karar verdik. Gitmeden önce eşyalarımızı ve özellikle de fotoğraf makinalarımızı hazırladık. Sabah erkenden yola çıktık. Arkadaşım çok geveze. Konuşmaktan zevk alıyor. Ben ise kuşların sesini dinlemekten keyif alıyorum. Ama yine de arkadaşımla dağa çıkmayı çok seviyorum. Bütün gün Yan-Ming dağında gezdik, fotoğraf çektik ve kuşların sesini dinledik. O günümüz çok iyi geçti. Fotoğrafları sizinle paylaşmak istiyorum.

A. Soruları yanıtlayın. 請回答問題。

1. Hafta sonu ne yapmaya karar verdiler?

_____

2. Onu ne mutlu ediyor?

_____

3. Sonbaharda neler yapmayı seviyor?

_____

4. Arkadaşı ne yapmaktan hoşlanıyor?

_____

5. Dağda neler yaptılar?

_____

B. Örnekteki gibi yapın. 請依照範例練習。

Örnek: Sigara iç_____ zararlıdır.

　　　Sigara içmek zararlıdır.

1. Buraya çöp dök_____ yasaktır.

2. Müzik dinle_____ beni mutlu ediyor.

3. Sinemaya git_____ istiyorum.

4. Sınavdan önce ders çalış_____ lazım.

5. Biraz dinlen_____ zorundayım.

C. Örnekteki gibi yapın. 請依照範例練習。

Örnek: Göçmen kuşlar gel_____ başladılar.

   Göçmen kuşlar gelmeye başladılar.

1. Seni anla_____ çalışıyorum.

2. Temizlik yap_____ bayılıyorum.

3. Sana yardım et_____ hazırım.

4. Postaneye mektup at_____ gidiyorum.

5. Haydi! Yemek ye_____ gidelim.

D. Örnekteki gibi yapın. 請依照範例練習。

Örnek: Yemek ye_____ çok seviyor.

   Yemek yemeyi çok seviyor.

1. Bu öğrenci konuş_____ sevmiyor.

2. Çocuklar dur_____ bilmiyorlar.

3. Tatilde nereye git_____ düşünüyorsun?

4. Türkçe konuş_____ nerede öğrendin?

5. Şimdi nerede ol_____ hayal ediyorsun?

E. Örnekteki gibi yapın. 請依照範例練習。

Örnek: Uçağa bin_____ korkuyorum.

   Uçağa binmekten korkuyorum.

1. İnsanlara yardım et_____ mutlu oluyorum.

2. Sana yardım et_____ bıktım.

3. Her gün ütü yap_____ usandım.

4. Fazla televizyon izle_____ gözlerim bozuldu.

5. Asansöre bin_____ korkuyorum.

-ki ilgeci (-ki / -daki) 質詞 -ki

Diyalog   MP3-49

A: Bugünkü ders nasıldı?

B: Bugün ders iyi geçti. Yeni şeyler öğrendim.

A: Ne öğrendiniz?

B: Özcan Hoca bize "ki" ekini anlattı.

A: Hmm. Ben bilmiyorum. Nedir bu?

B: Hangi sorusuna "ki" ekini kullanarak cevap
   veriyoruz. Örneğin: Hangi kalem kırmızı?
   Masadaki kalem kırmızı ya da sendeki kalem
   kırmızı.

A: Bir örnek daha verebilir misin?

B: Tabii. Örneğin: İkimizin de bisikleti var. Benimki
   mavi, seninki siyah.

A: Şimdi anladım. Yarınki derste görüşürüz.

benimki	bendeki	bugünkü	geçen ayki	sağdaki
seninki	sendeki	dünkü	bu yılki	soldaki
onunki	ondaki	yarınki	sonbahardaki	kuzeydeki
bizimki	bizdeki	sabahki	yazınki	doğudaki
sizinki	sizdeki	akşamki	gelecek ayki	üstteki
onlarınki	onlardaki	önceki	sonraki	alttaki

A. Örnekteki gibi yapın.

請依照範例練習。

Örnek: _Senin kitabın yeni, _____ eski._

Senin kitabın yeni, benimki eski.

1. Senin evin büyük, _____ küçük.

2. Sizin ülkeniz Avrupa'da, _____ Asya'da.

3. Bizim evimiz Taipei'de, _____ nerede?

4. Benim çantam bej, _____ ne renk?

5. Onun burcu İkizler, _____ ne?

B. Örnekteki gibi yapın. 請依照範例練習。

Örnek: Şu ağaç_____ kuşun renkleri ne güzel!

Şu ağaçtaki kuşun renkleri ne güzel!

1. Bahçe_____ çiçeklerden çok güzel kokular geliyor.

2. Televizyon_____ filmi izledin mi?

3. Benim evim_____ en güzel yer balkonum.

4. Masa_____ sözlüğü bana ver, lütfen.

5. Ben_____ CD'yi sana vereyim.

C. Eşleştirin. 請配對。

1. Dünyadaki en uzun nehir _____   A. Futbol

2. Türkiye'deki en büyük göl _____   B. 101

3. Londra'daki en ünlü park _____   C. Van

4. Paris'teki en ünlü kule _____   D. Nil

5. Tayvan'daki en yüksek bina _____   E. Eyfel

6. Titanik'teki erkek oyuncu _____   F. Leonardo Di Caprio

7. Ülkenizdeki en popüler spor _____   G. Hyde

8. Ülkenizdeki en popüler yemek _____   H. Dofu

Belirtme Durumu -(y)ı, -(y)i, -(y)u, -(y)ü 受格

Diyalog 1 MP3-50
A: Yabancısınız galiba.
B: Evet, yabancıyım.
A: Nerelisiniz?
B: Kanadalıyım.
A: Tayvan'ı seviyor musunuz?
B: Evet, çok seviyorum.
A: Tayvan'da nereleri gezdiniz?
B: Hualien'i, Yilan'ı ve Taichung'u.
A: Çin yemeklerini sevdiniz mi?
B: Evet. Ama kokulu dofuyu sevmedim. Çünkü kötü kokuyor.

Diyalog 2 MP3-51
A: Kızım kalk ve odanı temizle!
B: Anne, ben şimdi ödevimi yapıyorum.
A: O zaman ödevini bitirdikten sonra yap!
B: Ödevimi bitirdikten sonra arkadaşımı görmek istiyorum.
A: O zaman arkadaşını gördükten sonra temizle!
B: Ama o zaman da müzeyi gezeceğiz.
A: O zaman müzeyi gezdikten sonra temizle!
B: Ama müzeden sonra öğretmenimizi ziyaret edeceğiz.
A: Ama sen adam olmazsın!

☀ 土耳其文「受格」的基本型態是「-ı、-i、-u、-ü」。以母音結尾的名詞在加接受格前必須先墊入「y」而變成「-yı、-yi、-yu、-yü」。此外，多數以硬子音p、ç、t、k結尾的詞須先軟化再加接受格。專有名詞加接受格前要用（'）來區隔。

kalın	ince	sert ünsüzlerden sonra	örnek
a, ı → -(y)ı o, u → -(y)u	e, i → -(y)i ö, ü → -(y)ü	p → b ç → c t → d k → ğ (g)	Evi seviyorum. O denizi görüyor. Operayı anlamıyoruz. Öğrenci tahtayı siliyor.

Polis hırsızı arıyor.	Temizlikçi burayı temizliyor.	Ellerimi yıkıyorum.
O bütün soruları biliyor.	Elmayı soyuyorum.	Sigarayı bırakıyorum.
Bekçi binayı koruyor.	Tayvan'ı seviyorum.	Duvarları boyuyoruz.

A. Soruları yanıtlayın. 請回答問題。

Örnek: Kimi tanıyorsun? (Ali)

　　　Ali'yi tanıyorum.

1. Kimi seviyorsun? (Ayşe)

_____

2. Kimi anlıyorsun? (öğretmen)

_____

3. Kimi dinliyorsun? (müdür)

_____

4. Pilot neyi sürüyor? (uçak)

_____

5. Bekçi neyi koruyor? (orman)

_____

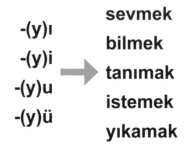

-(y)ı
-(y)i
-(y)u　→
-(y)ü

sevmek
bilmek
tanımak
istemek
yıkamak

B. Soruları yazın. 請寫出問句。

Neyi? Kimi? Nereyi?

Örnek: Nereyi özlüyorsun?

Memleketimi çok özlüyorum.

1. _____

   Seni düşünüyorum.

2. _____

   En çok öğretmeni anlıyorum.

3. _____

   Yumurtaları dolaba koyuyorum.

4. _____

   Masayı temizliyorum.

5. _____

   Sözlüğü istiyorum.

✨ Alıştırmalar 練習

A. Doğru seçeneği işaretleyin. 請標示出正確的選項。

1. Arkadaşım geçen hafta Tokyo'ya _____.	a. gitti	b. gittiniz	c. gidiyor
2. Biz geçen yıl tatile _____.	a. çıkıyoruz	b. çıktık	c. çıktınız
3. Orhan Veli 1914'te _____.	a. doğuyor	b. doğdu	c. doğsun
4. Bütün gün hiç yemek _____.	a. yedin	b. yemedim	c. yedim
5. Üniversiteyi ne zaman _____ ?	a. bitiyor	b. bitti	c. bitirdin

B. Örnekteki gibi yapın. 請依照範例練習。

Örnek: Kitapları çantaya koydun mu?

   Evet, koydum.

   Hayır, koymadım.

1. Siz Türkiye'yi sev_____?
   Evet, _____
   Hayır, _____
2. O dişlerini fırçala_____?
   Evet, _____
   Hayır, _____
3. Siz problemlerinizi çöz_____?
   Evet, _____
   Hayır, _____
4. Bana hiç yalan söyle_____?
   Evet, _____
   Hayır, _____
5. Öğretmeni anla_____?
   Evet, _____
   Hayır, _____

C. Cümleleri olumsuz yapın. 請改寫成否定句。

Örnek: Film komikti.　　*Film komik değildi.*

1. Yorgundum. _____
2. Bendim. _____
3. Oydu. _____
4. Ucuzdu . _____
5. Çocuktuk. _____
6. Hastaydı. _____
7. Tayvanlıydı. _____

D. Boşlukları uygun eklerle tamamlayın. 請填入適當的字尾。

1. Senin konuş_____ dinliyorum.
2. Ülkemizi ziyaret et_____ memnunuz.
3. Senin üzül_____ dayanamam.
4. Sizin çalış_____ hayranım.
5. Beş dakika beni dinle_____ rica ediyorum.
6. Sizin Türkçeyi öğren_____ gerek.
7. Benden bu saçmalıklara inan_____ bekleme.
8. Burada bekle_____ gerek yok.

E. Soruları yazın. 請寫出問句。

1. _____?
   Evet, çok mutluydum.
2. _____?
   Hayır, zor değildi.
3. _____?
   Evet, piknik güzeldi.
4. _____?
   Evet, Ayşe hastanedeydi.
5. _____?
   Türkiye'deydim.
6. _____?
   Hava bulutluydu.
7. _____?
   Dün günlerden pazardı.

F. Boşluklara uygun sözcükleri yazın. 請填入適當的詞語。

**hastaydı / memurdu / izin alması / terledi
uyuduktan sonra / yaşıyordu / memnundu**

Mehmet

   Mehmet bir bankada _____. O gün çok _____ ve bu nedenle işe gitmedi. Önce _____ _____ lazımdı. Müdüründen izin aldı ve tekrar yatağına yattı. Birkaç saat _____ _____ kalktı. Birkaç tane ilaç içti. Bolca _____ ve yattı. Mehmet evli değildi, bu nedenle yalnız _____. Ama hayatından çok _____.

> Buralarda yabancıyım.
> Alışmaya çalışıyorum.

✨ Hatırlayalım 回顧

A. Eylemlerle anlatın. 請使用以下動詞來敘述。

kalkmak, yıkanmak, kahvaltı yapmak, tost yemek, çay içmek, hazırlanmak, okula gitmek, otobüse binmek, okula varmak, okulda ders yapmak, öğrenmek, öğle yemeği yemek, kütüphanede ders çalışmak, spor yapmak, eve dönmek

1. Şimdiki zaman ile
   Ben her sabah saat yedide kalkıyorum ve sonra _____

   _____

   _____

   _____

   _____

   _____

   _____

2. Belirli geçmiş zaman ile
   Ben bu sabah saat yedide kalktım ve sonra _____

   _____

   _____

   _____

   _____

   _____

3. Hikâye ile
   Ben lisedeyken her sabah saat yedide kalkıyordum ve sonra _____

   _____

   _____

   _____

   _____

   _____

B. Okuyun, tekrar edin. 請閱讀並複誦。

uyumak

1. Ben sabaha kadar uyudum.
2. Ben eskiden on saat uyuyordum.
3. Ben uyumayı çok seviyorum.
4. Ben uyumaya çalışıyorum. Sessiz ol!
5. Uyumak, sağlık için faydalıdır.

yemek

1. Ben restoranda kebap yedim.
2. Türkiye'de sabahları simit yiyordum.
3. Yemekleri acılı yemeyi seviyorum.
4. Yemek yemeye gidiyorum. Sen de gel!
5. Yemek yemek beni mutlu ediyor.

sevmek

1. Bu kitabı çok sevdim.
2. Eskiden çizgi filmleri çok seviyordum.
3. Eskiden çizgi filmleri izlemeyi seviyordum.
4. Seni sevmeye başladım.
5. Sevmek mutluluktur.

öğrenmek

1. Şimdi Türkçe öğreniyorum.
2. Yazın Türkiye'de Türkçe öğrendim.
3. Gençken çok hızlı Türkçe öğreniyordum.
4. Türkçe öğrenmeye çalışıyorum.
5. Türkçe öğrenmek çok kolay.
6. Türkçe öğrenmeni istiyorum.

Neredeydin?

Kimi seviyorsun?

Mantı yedim.

Ne yedin?

Seni seviyorum.

Evdeydim.

Türkiye'ye gitmeye karar verdim.

6

HAYDİ TATİLE
走吧，去渡假

學習重點

* 敘述未來時間內將發生或進行的事件或動作
* 表達未來的計畫
* 陳述過去曾計劃過但後來因故未能完成的事件
* 未來式
* 未來 - 確實過去複合時態
* 動副詞（-ken）
* 連接詞（hem... hem..., ne... ne..., ister... ister..., belki... belki..., gerek... gerek..., ya... ya...）
* 比較句型

HAYDİ TATİLE

Diyalog 1 (MP3-52)

A: Dersten sonra ne yapacaksın?

B: Ders çalışmak için kütüphaneye gideceğim. Neden sordun?

A: Benimle havaalanına gelmek istiyor musun diye soracaktım.

B: Havaalanına neden gideceksin?

A: Türkiye'den arkadaşım gelecek. Onu karşılayacağım.

B: Öyle mi? O zaman birlikte gidelim. Ben daha sonra ders çalışırım.

A: Harika. Teşekkür ederim. Biraz sonra görüşürüz.

Diyalog 2 (MP3-53)

A: Okul ne zaman bitecek?

B: Gelecek sene.

A: Yüksek lisans yapmayı düşünüyor musun?

B: Evet, istiyorum. Yüksek lisansı Amerika'da yapacağım.

A: Neden Tayvan'da yapmak istemiyorsun?

B: İngilizcem çok iyi değil. Amerika'da aynı zamanda İngilizcemi geliştireceğim.

A: Hangi alanda yüksek lisans yapacaksın?

B: Ekonomi ya da diplomasi alanında.

A: Hangi üniversiteye gideceksin?

B: Henüz karar vermedim. Mezun olduktan sonra araştıracağım ve başvuracağım.

A. Okuyun, soruları yanıtlayın. 請閱讀並回答問題。

Benim adım Ece. Ben bir öğrenciyim. Liseyi bu sene bitireceğim. Bütün yıl çok ders çalıştım ve çok yoruldum. İyi bir tatili hak ettim. Bunun için bu sene babam beni tatile gönderecek ve gelecek yıl üniversiteye başlayacağım. Tatilde bütün sorunlarımdan uzaklaşacağım ve Türkiye'ye tatile gideceğim. Ne parayı ne okulu ne de sorunlarımı düşüneceğim. Sadece gezmeyi, eğlenmeyi ve dinlenmeyi düşüneceğim.

1. Ece niçin tatile çıkacak?

_____

2. Ece nerede tatil yapacak?

_____

3. Ece tatilde neler yapacak?

_____

4. Ece ne zaman üniversiteli olacak?

_____

Gelecek Zaman (-acak, -ecek) 未來式

☀ 「未來式」用來表達於未來時間內將會發生或進行的動作。第一人稱單數與複數中的「k」會軟化成「ğ」。而seyretmek、gitmek、etmek、tatmak等動詞中的「t」加接未來式時會軟化成「d」。

Eylem	Gelecek zaman eki	Kişi eki
al- ver- oku- git-	a - ı - o - u → -(y)acak e - i - ö - ü → -(y)ecek	Ben → -ım / -im Sen → -sın / -sin O → - Biz → -ız / -iz Siz → -sınız / -siniz Onlar → -lar / -ler

al-	ver-	oku-	git-
alacağım	vereceğim	okuyacağım	gideceğim
alacaksın	vereceksin	okuyacaksın	gideceksin
alacak	verecek	okuyacak	gidecek
alacağız	vereceğiz	okuyacağız	gideceğiz
alacaksınız	vereceksiniz	okuyacaksınız	gideceksiniz
alacaklar	verecekler	okuyacaklar	gidecekler

A. Örnekteki gibi yapın.

請依照範例練習。

Örnek: Ben yarın sana telefon aç_____
*Ben yarın sana telefon aç*acağım*.*

1. Sen bir hafta sonra okulu bitir_____
2. O Türkçe öğren_____
3. Biz spor salonuna git_____
4. Siz iyice dinlen_____
5. Onlar akşam maç seyret_____
6. Ben futbol oyna_____

B. Tamamlayın. 請完成句子。

Örnek: Üç gün sonra _____
Üç gün sonra evlenecek.

1. Yarın _____
2. Gelecek ay _____
3. Önümüzdeki yıl _____
4. Gelecek hafta _____
5. Biraz sonra _____
6. Birazdan _____
7. Daha sonra _____
8. Sonra _____
9. Bir dahaki sefere _____

C. Soruları yanıtlayın.

請回答問題。

Örnek: Sinemaya kiminle gideceksin?
Sinemaya arkadaşımla gideceğim.

1. Sen bu akşam ne yapacaksın?
_____
2. Tatil için nereye gideceksiniz?
_____
3. Yarın saat kaçta kursa gideceksin?
_____
4. Ne zaman okulu bitireceksin?
_____
5. Tahtayı kim silecek?
_____
6. Ben sana kitabı ne zaman vereceğim?
_____
7. Akşam yemeğinde ne yiyeceksin?
_____
8. Turistler Tayvan'a neyle gelecekler?
_____

Gelecek Zaman Olumsuz (-mayacak, -meyecek) 未來式否定句

Eylem	Olumsuzluk eki	Gelecek zaman eki	Kişi eki
al- ver- oku- git-	a - ı - o - u → ma e - i - ö - ü → me	-yacak -yecek	Ben → -ım / -im Sen → -sın / -sin O → - Biz → -ız / -iz Siz → -sınız / -siniz Onlar → -lar / -ler

al-	ver-	oku-	git-
almayacağım	vermeyeceğim	okumayacağım	gitmeyeceğim
almayacaksın	vermeyeceksin	okumayacaksın	gitmeyeceksin
almayacak	vermeyecek	okumayacak	gitmeyecek
almayacağız	vermeyeceğiz	okumayacağız	gitmeyeceğiz
almayacaksınız	vermeyeceksiniz	okumayacaksınız	gitmeyeceksiniz
almayacaklar	vermeyecekler	okumayacaklar	gitmeyecekler

A. Örnekteki gibi yapın. 請依照範例練習。

Örnek: Ben bugün okula git_____

      Ben bugün okula gitmeyeceğim.

1. Ben onunla konuş_____
2. Sen sınıfı temizle_____
3. O okula git_____
4. Biz otobüse bin_____
5. Siz saatlerce bekle_____
6. Onlar bizi anla_____

B. Tümceleri olumsuz yapın. 請將句子改寫成否定句。

Örnek: Sinemaya gideceksin.

      Sinemaya gitmeyeceksin.

1. Sen bu akşam erken uyuyacaksın.

_____

2. Ali bu gece bütün raporları yazacak.

_____

3. Biz yarın geziye katılacağız.

_____

4. Siz sınıfta öğretmeni bekleyeceksiniz.

_____

5. Onlar dersten sonra kütüphanede olacaklar.

_____

6. Köpek bu gece bu yatakta uyuyacak.

_____

7. Bu ilaçları her gün alacaksın.

_____

8. Turistler Taipei'de alışveriş yapacaklar.

_____

9. Bundan sonra burada oturacaksın.

_____

10. Toto bir ayda beş kilo zayıflayacak.

_____

C. Aşağıdaki sözcüklerle tamamlayın. 請用以下詞語完成句子。

hiç - hiçbir zaman - hiçbir yerde
hiçbir gün - hiç kimseye - hiç kimseyi
hiç kimseden - hiç kimseyle - hiçbir şey
hiçbir şeye - hiçbir şeyi - hiçbir şeyden

1. _____ güvenmeyeceksin.

2. _____ yalan söylemeyeceksin.

3. _____ korkmayacaksın.

4. _____ kavga etmeyeceksin.

5. _____ dert etmeyeceksin.

6. _____ zarar vermeyeceksin.

7. _____ bunu bilmeyeceksin.

8. _____ çantanı unutmayacaksın.

9. _____ metroda yemeyeceksin.

10. _____ gerçeği bilmeyeceksin.

Gelecek Zaman Soru　未來式疑問句

Eylem	Gelecek zaman eki	Soru eki	Kişi eki
al- ver- oku- git-	-(y)acak -(y)ecek	-mı -mi	-yım / -yim -sın / -sin - -yız / -yiz -sınız / -siniz
		-lar / -ler	mı / mi

☀ 未來式疑問句中，第三人稱複數的人稱字尾必須加接在未來式基本型態（-(y)acak / -(y)ecek）上，再將疑問字尾（mı / mi）單獨寫在句尾。例如：「Onlar kitap okuyacak mılar?」並不正確，應該寫成「Onlar kitap okuyacaklar mı?」。

al-	ver-	oku-	git-
alacak mıyım?	verecek miyim?	okuyacak mıyım?	gidecek miyim?
alacak mısın?	verecek misin?	okuyacak mısın?	gidecek misin?
alacak mı?	verecek mi?	okuyacak mı?	gidecek mi?
alacak mıyız?	verecek miyiz?	okuyacak mıyız?	gidecek miyiz?
alacak mısınız?	verecek misiniz?	okuyacak mısınız?	gidecek misiniz?
alacaklar mı?	verecekler mi?	okuyacaklar mı?	gidecekler mi?

A. Örnekteki gibi yapın.　請依照範例練習。

Örnek: Sen uyu_____ _____?

　　　　Sen uyuyacak mısın?

1. Ben oku_____ _____?
2. Sen git_____ _____?
3. O alışveriş yap_____ _____?
4. Biz tatile git_____ _____?
5. Siz yemek ye_____ _____?
6. Onlar piknik yap_____ _____?

B. Örnekteki gibi yapın.　請依照範例練習。

Örnek: Saat onda buluşacak mısınız?

　　　　Hayır, saat onda buluşmayacağız.

1. _____?
   Evet, yarın piknik yapacağız.
2. _____?
   Evet, iki ay sonra hastaneye yatacağım.
3. _____?
   Hayır, alışverişe gitmeyeceğiz.
4. _____?
   Evet, uyuyacağım.

C. Örnekteki gibi yapın. 請依照範例練習。

*Örnek: Bugün borcunu öde*yecek misin?

      Evet, ödeyeceğim.

      Hayır, ödemeyeceğim.

1. Biz ödev hazırla_____ _____?
   Evet, _____
   Hayır, _____

2. Sen tekrar gel_____ _____?
   Evet, _____
   Hayır, _____

3. Siz tuvalete git_____ _____?
   Evet, _____
   Hayır, _____

4. Bir yıl sonra Türkçe konuş_____ _____?
   Evet, _____
   Hayır, _____

5. Onlar bana soru sor_____ _____?
   Evet, _____
   Hayır, _____

6. Sen yemek pişir_____ _____?
   Evet, _____
   Hayır, _____

7. Fazilet evlen_____ _____?
   Evet, _____
   Hayır, _____

8. Ablan bu gece bizde kal_____ _____?
   Evet, _____
   Hayır, _____

9. Bundan sonra sigara iç_____ _____?
   Evet, _____
   Hayır, _____

10. Biz ona yardım et_____ _____?
    Evet, _____
    Hayır, _____

A. Okuyun, soruları yanıtlayın. 請閱讀並回答問題。

Adım Sevgi. Yaz tatilimi Türkiye'de geçireceğim. Çünkü Türkiye'yi ve Türk kültürünü tanımak istiyorum. Önce Türkiye hakkında kitaplar okuyacağım. İnternetten Türkiye'nin tarihî ve turistik yerlerini öğreneceğim. Daha sonra eşyalarımı hazırlayacağım, bavuluma yerleştireceğim ve uçağa bineceğim. Param az. Onun için Türkiye'de ucuz ve temiz bir otel bulacağım ve o otele yerleşeceğim. Denizin, kumun, doğanın tadını çıkaracağım. Türk yemeklerinden yiyeceğim. Dönüşte birçok güzel anım olacak. Ayrıca Türkiye'den birçok hediye alacağım. Hediyeleri anneme, babama ve kardeşime vereceğim. Anneme bir nazar boncuğu, babama da bir kutu lokum alacağım. Onları mutlu edeceğim. Onlara Türkiye hakkında bilgi vereceğim.

1. Sevgi tatile çıkmadan önce neler yapacak?

_____

2. Sevgi niçin Türkiye'ye gidecek?

_____

3. Sevgi niçin ucuz bir otel arıyor?

_____

4. Sevgi tatilde neler yapacak?

_____

5. Sevgi annesine ve babasına neler alacak?

_____

B. Programı dinleyin, boşlukları tamamlayın. 請聆聽並填空。

Sevgi'nin Tatil Programı [MP3-54]

29 Temmuz: Uçağa _____ .

30 Temmuz: Sabah saat 07.30'da İstanbul Havaalanında _____ .

30 Temmuz: Öğlen 12.00'de Ankara'ya hareket _____ . Akşam otele _____ .

31 Temmuz: Sabah Beypazarı'na hareket edecek. Beypazarı'nda tarihî ve turistik yerleri _____ . Hediyelik eşyalar _____ .

1 Ağustos: TÖMER'de Türkçe kursuna _____ . Kursa dört hafta

_____ .

30 Ağustos: 10 günlük Türkiye turuna çıkacak.

11 Eylül: Tayvan'a _____ .

Gelecek Zamanın Hikâyesi (-acaktı, -ecekti) 未來-確實過去複合時態

Diyalog 1 MP3-55

A: Uğur Hocam, Mustafa Hoca buraya gelecekti. Ne oldu?

B: Haberim yok. Telefon açalım mı?

A: Hayır, gerek yok. Ama merak ettim. Saat ikide burada olacaktı. Neyse on dakika daha bekleyelim.

B: Mustafa Hoca'yla ne yapacaktınız? Bir yere mi gidecektiniz?

A: Beraber alışverişe çıkacaktık.

B: O zaman biraz daha bekleyelim.

A: Siz de bizimle gelecek misiniz?

B: Nereye gidiyorsunuz? Ben beyaz bir gömlek alacaktım.

A: Gongguan'a.

B: Aslında ben de oraya gidecektim. O zaman beraber gidelim.

Diyalog 2 MP3-56

A: Eski arkadaşlardan haber alıyor musun?

B: Bazıları ile haberleşiyoruz ama çoğu ile iletişim koptu.

A: Selin'i hatırlıyor musun? Mezun olduktan sonra Japonya'ya gidecekti.

B: Tabii, hatırlıyorum. Ama o Japonya'ya gitmedi. Evlendi ve Taoyuen'de yaşıyor.

A: Buket ne yapıyor? Bir Türk şirketinde çalışacaktı. Çalışıyor mu?

B: Evet. Buket bir Türk şirketinde çalışıyor. Şimdi Türkiye'de.

A: Tayvan'a dönecek mi?

B: Bilmiyorum ama sanırım birkaç yıl daha orada çalışacaktı.

A: Unuttum. Sen turizm şirketi açacaktın. Ne oldu?

B: O iş olmadı. Şimdi giyim sektöründe çalışıyorum.

☀ 土耳其文的「未來-確實過去複合時態」表示過去時間內曾計畫在未來做某件事，但因故未能完成，或者是否完成尚不明確。例如：「Turizm şirketi açacaktım (ama açmadım)。」句子表達的是「我本來打算開旅行社（但是沒開成）。」，「Orada çalışacaktı (ama çalışmadı).」則表示「他原本要在那裡工作的（但是沒去工作）。」。

Eylem	Gelecek zaman eki	Hikâye	Kişi eki
al- ver- oku- git-	-(y)acak -(y)ecek	-tı -ti	-m -n - -k -nız / -niz
		-lar / -ler	-dı / -di

Örnekleri okuyun, yazın. 請閱讀範例並造句。

Planlarım;

1. *Doktora yapmak*   *Doktora yapacaktım ama sınavı kazanamadım.*

2. Dünya turuna çıkmak   _____

3. 25 yaşında evlenmek   _____

4. Şirket sahibi olmak   _____

5. İki dil daha öğrenmek   _____

6. Zengin olmak   _____

A. Soruları yanıtlayın. Hikâye yazın. 請回答問題並寫成故事。

1. Çocuk kaç yaşında?   _____

2. Adam ne iş yapıyor?   _____

3. Kadın adamı niçin çağırıyor?   _____

4. Onlar nereye gidecekler?   _____

5. Adam çocuğa neden kızıyor?   _____

6. Kadın çocuğa ne alacaktı?   _____

7. Adam ne yapmayı unutuyor?   _____

8. Sonunda neler olacak?   _____

B. Örnekteki gibi yapın.
請依照範例練習。

Örnek: Piknik yapacaktık.
Yağmur yağdı. Yapmadık.

1. Sinemaya gidecektik.

_____

2. Uyuyacaktım.

_____

3. Üniversiteden mezun olacaktım.

_____

4. Sana telefon edecektim.

_____

5. Yeni bir cep telefonu alacaktım.

_____

C. Örnekteki gibi yapın.
請依照範例練習。

Örnek: Seninle konuşacaktım.
Telefonun kapalıydı.

1. _____
Evde tuz ve yağ yoktu.

2. _____
Banka kapalıydı.

3. _____
O gömlek çok pahalıydı.

4. _____
Şekersizdi.

5. _____
Ama Türkçe bilmiyordu.

D. Dinleyin, tekrar edin. 請聆聽並複誦。

Üç Dil MP3-57

En azından üç dil bileceksin
En azından üç dilde
Ana avrat dümdüz gideceksin
En azından üç dil bileceksin
En azından üç dilde düşünüp rüya göreceksin
En azından üç dil
Birisi ana dilin, elin ayağın kadar senin
Ana sütü gibi tatlı, ana sütü gibi bedava
Nenniler, masallar, küfürler de caba
Ötekiler yedi kat yabancı
Her kelime arslan ağzında
Her kelimeyi bir bir dişinle tırnağınla
Kök sökercesine söküp çıkartacaksın
Her kelimede bir tuğla boyu yükselecek
Her kelimede bir kat daha artacaksın
(...)

Bedri Rahmi Eyüboğlu

-ken ulacı 動副詞 -ken

Diyalog 1 `MP3-58`

A: Merhaba Birgül. Ne var ne yok?

B: İyiyim Ayla, sağ ol. Arkadaşımı bekliyorum.

A: Hangi arkadaşını?

B: Lisedeyken birlikte okula gittik. Adı Aysu.

A: Aaa. Aysu mu? Onu ben de tanıyorum.

B: Gerçekten mi? Nereden tanıyorsun?

A: Geçen ay Keelung'dayken karşılaştık ve ayaküstü biraz sohbet ettik.

B: Güzel bir tesadüf. O zaman sen de bizimle gel.

A: Nereye?

B: Aysu ile birlikte öğle yemeği yiyeceğiz.

A: Tabii gelirim. O zaman Aysu'yu birlikte bekleyelim.

Diyalog 2 `MP3-59`

A: Şu güzel hanım kim?

B: O mu? O Ayten Hanım. Tanımıyor musun?

A: Hayır. Daha önce hiç görmedim. Çok hoş ve güzel bir kadın.

B: Evet. Öyledir. Gençken daha da güzeldi. Ben üniversitedeyken o bizim hocamızdı. Çok iyi bir öğretmendir. Uzun zaman Ankara'da oturdu.

A: Neden?

B: Onun eşi İbrahim Bey, Ankara'da elçiyken Ayten Hanım da onunla orada kaldı. Ayten Hanım şimdi emekli. Ama hâlâ çok güzel ve çok zarif bir kadın.

A. Örnekteki gibi yapın. 請依照範例練習。

Örnek: Ben genç_____ çok zayıftım.

    Ben gençken çok zayıftım.

1. Ali yorgun_____ hiç konuşmuyor.
2. Köpeğim aç_____ çok sinirli oluyor.
3. Ben çayı sıcak_____ içmeyi seviyorum.
4. Hasta_____ çok sevimsiz oluyorsun.
5. Sinirli_____ hiç yanına yaklaşma!
6. Hava güzel_____ piknik yapalım.
7. Yol yakın_____ dönelim.

B. Örnekteki gibi yapın. 請依照範例練習。

Örnek: Üniversitede_____ çok spor yapıyordum.
Üniversitedeyken çok spor yapıyordum.

1. Türkiye'de_____ bol bol simit yedim.

2. Tatilde_____ plaj voleybolu oynadım.

3. Lisede_____ çok arkadaşım vardı.

4. Zamanın var_____ değerlendir.

5. İnternet yok_____ mektuplaşıyorduk.

6. Kütüphane_____ yüksek sesle konuşmayın.

7. Öğrenci_____ çok hareketliydim.

C. Soruları yanıtlayın. 請回答問題。

Çocukken neler yapıyordun? _____

Hastayken neler yapıyorsun? _____

Mutsuzken neler yapıyorsun? _____

Bağlaçlar (hem... hem, ne... ne, ister... ister, belki... belki, gerek... gerek, ya... ya) 連接詞

Diyalog 1 MP3-60

A: Bugün program çok yoğun. Hâlâ karar vermedim.

B: Öyle mi? Bugün ne programı var?

A: Bugün hem ebru sergisi var hem de mezuniyet için fotoğraf çekimi. Sonra da hem ders çalışacağım hem de sınavım var.

B: Gerçekten çok yoğun.

A: Evet. Sen gelecek misin? Ünlü ebru sanatçısı Ahmet Çoktan üniversitemize gelecek ve bir gösteri yapacak.

B: Bilmiyorum. Belki geleceğim belki kütüphaneye gidip ders çalışacağım.

A: Sen ister gel ister gelme, ama bu gösteriyi kaçırmayacağım.

Diyalog 2 MP3-61

A: Sevgili Ahmet Çoktan. Tayvan'a ve üniversitemize hoş geldiniz.

B: Hoş bulduk.

A: Bize kendinizi kısaca tanıtır mısınız? Neden Tayvan'a geldiniz?

B: Ben ebru sanatçısıyım. Tayvan'a hem bu sanatı tanıtmak hem buradaki dostlarımı görmek için hem de bu güzel ülkeyi gezmek için geldim.

A: Tayvan'dan başka ülkelere gidecek misiniz?

B: Daha önce hem Japonya'da hem Kuveyt'te bulundum ve ebru sanatını tanıttım. Tayvan'dan sonra belki Kanada'ya belki de Brezilya'ya gideceğim.

kitap okumak / müzik dinlemek
Hem kitap okudum hem müzik dinledim.
Ne kitap okudum ne müzik dinledim.
Belki kitap okuyacağım belki müzik dinleyeceğim.
İster kitap oku ister müzik dinle! Karar senin.
Gerek kitap okumak gerek müzik dinlemek iyidir.
Ya kitap okuyacaksın ya müzik dinleyeceksin.

A. Boşlukları uygun bağlaçlarla tamamlayın.

請填入適當的連接詞。

1. _____ Fransızca _____ İngilizce biliyorum.
2. _____ sinemaya gidiyoruz _____ tiyatroya.
3. _____ oku _____ okuma. Ben karışmıyorum.
4. _____ pikniğe gidelim _____ sinemaya.
5. _____ bugün _____ yarın geleceğim.
6. _____ sen _____ ben, ikimiz de haklıyız.

B. Uygun bağlaçlarla tamamlayın. 請填入適當的連接詞。

1. Bu akşam _____ sinemaya _____ tiyatroya gidelim.
2. _____ Ahmet'i _____ Mehmet'i tanıyorum.
3. _____ Suna'yı _____ Ergül'ü seviyorum.
4. _____ çalış _____ yat, sen bilirsin.
5. _____ ben _____ o, ne fark eder?
6. _____ yağmur yağıyor _____ kar yağıyor.
7. _____ uyursun _____ çalışırsın, keyif senin.
8. Bu adam çok akıllı, _____ bilim adamı _____ araştırmacı.
9. _____ Arapça _____ Çince biliyorum.
10. _____ saygılı ol _____ çek git!

Kıyaslama ve Üstünlük (kadar, gibi, -den daha, en) 比較句型

| Onur 7 | Elif 12 | Onat 12 | Berna 16 |

Onur büyük.	Onur çalışkan.	Onur yaramaz.
Elif, Onur'dan daha büyük.	Elif, Onur'dan daha çalışkan.	Elif, Onur'dan daha yaramaz.
Onat, Elif kadar büyük.	Onat, Elif kadar çalışkan.	Onat, Elif gibi yaramaz.
Berna en büyük.	Berna en çalışkan.	Berna en yaramaz.

ad   ad + dan (den / tan / ten)   daha   sıfat

A. Örnekteki gibi yapın.

請依照範例練習。

Örnek: Ali, Mehmet'ten daha çalışkan.

1. İzmir, İstanbul'_____ _____ küçük.
2. Kız, erkek_____ _____ sevimli.
3. Ben, sen_____ _____ ağırbaşlıyım.
4. Ev, otel_____ _____ rahat.
5. Sinema, tiyatro_____ _____ eğlenceli.
6. Tayland, Tayvan'_____ _____ sıcak.

B. Örnekteki gibi yapın.

請依照範例練習。

Örnek: Balık mı faydalı, kırmızı et mi?
        Balık, kırmızı etten daha faydalı.

1. Sigara mı zararlı, alkol mü?
   _____
2. Savaş mı iyi, barış mı?
   _____
3. Ali mi uzun, Kemal mi?
   _____

ad   ad   kadar / gibi   sıfat

🔆 gibi跟kadar兩個詞都是放在名詞之後，用來表達人或事物之間的相似性或接近度；應用在比較句型時的gibi常用來描述性質上的相同，而kadar則用來表示程度上的相等。

例如：Ablası da <u>onun gibi</u> iyimser bir insan.（他姊姊也和他一樣是個樂觀的人。）

　　　Ben <u>onun kadar</u> sabırlı değilim.（我不像他那樣有耐心。）

C. Örnekteki gibi yapın.

請依照範例練習。

Örnek: Ege, Yağmur _____ zeki.
        Ege, Yağmur kadar zeki.

1. İzmir, İstanbul _____ gürültülü.
2. Siz bizim _____ çalışkansınız.
3. Siz benim _____ zenginsiniz.
4. Porsche, Ferari _____ hızlı.

D. Örnekteki gibi yapın.

請依照範例練習。

Örnek: Zeynep, Ayşe _____ Ankaralı.
        Zeynep, Ayşe gibi Ankaralı.

1. İzmir, İstanbul _____ kalabalık değil.
2. Ben, senin _____ cimri değilim.
3. Dofu, mantı _____ lezzetli değil.
4. O, benim _____ güzel Türkçe konuşuyor.

E. Örnekteki gibi yapın. 請依照範例練習。

Örnek: Tayland _____ sıcak ülkedir.

   Tayland en sıcak ülkedir.

1. Ali sınıfımızın _____ başarılı öğrencisidir.
2. Everest, dünyanın _____ yüksek tepesidir.
3. Çin, _____ kalabalık ülkedir.
4. NCCU'nun _____ sportif hocası Özcan'dır.
5. Tayvan'da _____ ünlü yemek pis kokulu dofudur.

Şeker gibi tatlı
Kar gibi beyaz
Tilki gibi kurnaz
Keçi gibi inatçı
Tavşan gibi korkak
Taş gibi ağır
Kaya gibi sağlam
Tüy gibi hafif

A. Okuyun, soruları yanıtlayın. 請閱讀並回答問題。

Aile ve Çocuk

Çocuklar dünyanın en temiz ruhlu, en güzel, en vazgeçilmez varlıklarıdır. Çocuksuz hayat ağaçsız orman, çiçeksiz bahçe gibidir. Çocuklar hem ailenin hem toplumun göz bebeğidir. Onların ruhsal ve bedensel olarak sağlıklı gelişmeleri de hem ailenin hem de toplumun temel görevidir.

Çocuğun ileriki yaşlarda iyi ya da kötü bir insan olmasında küçük yaşlardaki eğitimin payı büyüktür. Bir Türk atasözü diyor ki; "Ağaç yaşken eğilir." Anne ve babalar çocuklarının hem temel ihtiyaçlarını karşılarlar hem de onları sorunsuz, sevgi dolu ortamda yetiştirmeye çalışırlar. Çünkü aile ortamının çocuk üzerinde etkisi çok önemlidir. Kavgalı ortamdaki çocuklar, ileriki hayatlarında hırçın ve kavgacı olurlar. Bu durum bilimsel bir gerçektir.

1. Çocuklar ne gibidir? _____
2. Anne ve babanın temel görevi nedir? _____
3. Çocuklar neden hırçın ve kavgacı olurlar? _____
4. Küçük yaşlarda eğitim niçin önemlidir? _____

B. Boşlukları metne göre tamamlayın.

請根據文章完成句子。

1. Çocuklar dünyanın en _____ varlıklarıdır.
2. Anneler çocukların temel _____ karşılıyorlar.
3. Bir Türk atasözü: _____ _____ _____
4. Çocuklar için _____ önemlidir.

C. Sıfatların zıt anlamlarını yazın. 請寫出以下形容詞之相反詞。

temiz   X _____   yaş   X _____
sorunsuz   X _____   hırçın   X _____

D. Sözcüklerle uygun tümce yazın. 請用下列詞語造句。

1. malıdır - hem - çocuklar - hem - toplumun - ailenin

_____

2. etmek - çocukları - kolaydır - mutlu - çok

_____

3. değil - çocuklar - bütün - şansa - aynı - sahip

_____

4. oluyorlar - ailelerin - sorunlu - kavgacı - çocukları

_____

5. çocuksuz - çiçeksiz - gibidir - ev - bahçe

_____

A. Soruları arkadaşınıza sorun, yanıtları yazın.

請詢問您的朋友並寫下回答。

Gelecek 5 yılda;

1. Tayvan ekonomisi nasıl olacak?
2. Dünya ekonomisi nasıl olacak?
3. Çevre nasıl olacak?
4. Teknolojide durum ne olacak?

Gelecek 10 yılda;

1. Senin durumun ne olacak?
2. Ailenin durumu ne olacak?
3. Ülkenin durumu ne olacak?
4. Dünyanın durumu ne olacak?

Gelecek 20 yılda;

1. Genetik biliminin durumu ne olacak?
2. Ölümcül hastalıklara çare bulunacak mı?
3. İnsanlar Mars'a gidecek mi?
4. Yeni keşifler olacak mı?

Gelecek 50 yılda;

1. Dünya nasıl bir durumda olacak?
2. Uzaylılarla iletişim kuracak mıyız?
3. iPhone kaç çıkacak?
4. Özcan Hoca kaç yaşında olacak?

B. Eylemlerden yararlanın, soruları yanıtlayın.

請利用以下提供的動詞來回答問題。

Anneniz size ne yaptı?

1 yaşındayken   *Annem beni besledi ve yıkadı.*
2 yaşındayken
3 yaşındayken
4 yaşındayken
5 yaşındayken
6 yaşındayken
7 yaşındayken
9 yaşındayken
11 yaşındayken
12 yaşındayken
19 yaşındayken

Anneniz size ne yapacak?

21 yaşındayken
22 yaşındayken
25 yaşındayken
30 yaşındayken
40 yaşındayken
50 yaşındayken

sevmek
yürütmek
öğretmek
hediye etmek
götürmek
beklemek
sarılmak
öpmek
taramak
hazırlamak
yardım etmek
göndermek
kızmak
okşamak
evlendirmek
bakmak
nasihat etmek
düşünmek

✨ Alıştırmalar 練習

A. Örnekteki gibi yapın. 請依照範例練習。

Örnek: Ödev yapacak mısın?

　　　Evet, yapacağım.

　　　Hayır, yapmayacağım.

1. Siz duş al_____ _____
   Evet, _____
   Hayır, _____
2. Sen arabanı sat_____ _____?
   Evet, _____
   Hayır, _____
3. Biz kompozisyon yaz_____ _____?
   Evet, _____
   Hayır, _____
4. Sen bana yardım et_____ _____?
   Evet, _____
   Hayır, _____

B. Örnekteki gibi yapın. 請依照範例練習。

Örnek: Dikkat edecek misin?

　　　Evet, dikkat edeceğim.

1. _____?
   Evet, bu evi satın alacağız.
2. _____?
   Hayır, saat 10'da buluşmayacağız.
3. _____?
   Evet, çocuklar erkenden uyuyacaklar.
4. _____?
   Evet, bize yardım edecek.

C. Cevap verin. 請回答。

1. Yarın hava nasıl olacak?

   _____

2. Bu akşam nerede olacaksın?

   _____

3. Para bizim için sorun olacak mı?

   _____

4. Siz müdür olacak mısınız?

   _____

D. Cevap verin. 請回答。

Örnek: Dün ne yapacaktın ama yapmadın?
    Sinemaya gidecektim ama gitmedim.

1. Hangi kitabı okuyacaktın ama okumadın?

_____

2. Nereye gidecektin ama gitmedin?

_____

3. Ne yiyecektin ama yemedin?

_____

4. Kiminle buluşacaktın ama buluşmadın?

_____

E. Cevap verin. 請回答。

Ne zaman ne yapıyorsun?

Örnek: Ne zaman hastaneye gidiyorsun?
    Hastayken.

1. Ne zaman yemek yiyorsun?

_____

2. Ne zaman televizyon seyrediyorsun?

_____

3. Ne zaman ders çalışıyorsun?

_____

4. Ne zaman ağlıyorsun?

_____

F. Soruları yanıtlayın. 請回答問題。

Örnek: En çok kimi seviyorsun?
    En çok annemi seviyorum.

1. En iyi aktör kim?

_____

2. En çok kime güveniyorsun?

_____

3. En çok hangi rengi seviyorsun?

_____

4. En çok hangi hayvanı seviyorsun?

_____

5. En çok hangi sporu seviyorsun?

_____

6. En çok hangi lokantaya gidiyorsun?

_____

G. Gelecek zamana çevirin. 請改寫成未來式。

1. Dün ona hediye aldım.   Bugün _____

2. Şimdi mektup yazıyorum.   Biraz sonra _____

3. Şimdi yemek pişiriyorum.   Bir saat sonra _____

4. Dün sinemaya gittim.   Gelecek hafta _____

5. Polis hırsızı yakaladı.   En yakın zamanda _____

6. Eşim ütü yapıyor.   Sonra _____

✎ Hatırlayalım 回顧

Yarın her şey güzel olacak!

Gelecek hafta sınav yapacağım.

Bu yaz mezun olacağım.

Dün bana gelecektin.

Sen çocukken çok tatlıydın.

Hem tatlı yiyelim hem tatlı konuşalım.

Kurt gibi açım!

Seni dünyalar kadar seviyorum.

A. Okuyun, tekrar edin. 請閱讀並複誦。

konuşmak

1. Yarın Özcan Hocamla konuşacağım.
2. Seninle konuşacaktım ama şimdi zamanım yok.
3. Hem dinliyorum hem konuşuyorum.
4. Ben ağzımda yemek varken konuşmuyorum!
5. Çocukken çok konuşuyordum.

içmek

1. Yazın bol bol su içeceksiniz! Hava sıcak.
2. Hastayken ilaç içeceksin, çabucak iyileşeceksin!
3. Ne ilaç içiyorsun ne de kendine dikkat ediyorsun.
4. Hata yaptın. O ilaçları içmeyecektin.
5. Kadir, Ahmet'ten daha çok içki içiyor.

oynamak

1. Bu akşam çocuklarla top oynayacağım.
2. Dün akşam tenis oynayacaktık ama yağmur yağdı.
3. Cengiz, dersteyken cep telefonuyla oynamayacaksın!
4. Ne futbol ne de basketbol oynayacak. Çünkü sevmiyor.
5. Onur, gelecekte Ronaldo gibi iyi futbol oynayacak.

etmek

1. Size teşekkür edecektim. Zamanınız var mı?
2. Bu akşam sizi ziyaret edeceğim. Müsait misiniz?
3. Evlenme teklifini kabul edecek mi? Onu seviyor mu?
4. Hem dersten hem de sınavlardan nefret ediyorum.
5. İster kabul et ister reddet! Karar tamamen senin.

NOT

TÜRKÇE ÖĞRENİYORUM I ÇALIŞMA KİTABI
土耳其語 A1-A2
練習本

1 MERHABA

A. Aşağıdaki diyalogları tamamlayın. 請完成以下的對話。

1. _____?

    Adım Mustafa.

    _____?

    İyiyim. Teşekkür ederim.

    _____

    Ben de çok memnun oldum.

    _____

    Güle güle. Kendine iyi bak.

2. Selam Veli, ne var ne yok?

    İyilik sağlık. _____?

    Şöyle böyle.

    _____?

    Okula. Ya sen?

    _____

    Hoşça kal.

    _____

B. Aşağıdaki cümleri eşleştirin. 請將下列句子配對。

- Senin adın ne?   - İyiyim.
- Nasılsın?   - Karl.
- Allah'a ısmarladık.   - Ben de.
- Memnun oldum.   - Güle güle.

C. Bir diyalog yazın. 請撰寫一段對話。

_____

_____

_____

_____

_____

D. Kelimeleri ayrı yazın. 請將相連的詞分開。

merhababenimadımleylabentür
kümsizinadınıznenasılsınızmem
nunoldumbendememnunoldum
hoşçakalıngülegülegörüşürüz

_____

_____

_____

_____

✨ Alfabe 字母

A. Aşağıdaki sözcüklerin son heceleri kalın mı, ince mi? İşaretleyin.

下列詞語的最後一音節是粗母音還是細母音？請標示出來。

	Kalın	İnce
Elma	√	
Kalem		
Televizyon		
Çiçek		
Üzüm		
Adem		

B. Dinleyin, ünlüleri yazın.

請聽音檔寫出母音。 MP3-62

```
k__t__p        K__ys__r__
b__l__k        __d__n__
__k__l         __rd__
__z__m         __zm__r
p__rd__        S__n__p
```

C. Kelimeleri doğru yazın.

請寫出正確的詞。

sitnalbu

_____

airsp

_____

koyrwne

_____

otkyo

_____

ynedis

_____

D. Kelime bulmaca 字謎

R	D	P	A	Z	M
A	G	İ	T	A	K
D	Ö	L	S	A	B
Y	Z	A	L	Ğ	S
O	R	E	S	İ	M
P	M	K	P	M	Z

✨ Sayılar 數字

A. Örnekteki gibi yapın.
請依照範例練習。

Örnek: 48   kırk sekiz

1. 69 _____
2. 116 _____
3. 508 _____
4. 1200 _____
5. 1995 _____
6. 2014 _____

C. Örnekteki gibi yapın.
請依照範例練習。

Örnek: 12. 10. 1990

On iki ekim bin dokuz yüz doksan

1. 23. 04. 1920 _____
2. 01. 09. 1900 _____
3. 06. 06. 2012 _____
4. 15. 01. 1956 _____
5. 16. 08. 1968 _____

E. Örnekteki gibi yapın.
請依照範例練習。

Örnek: 2 + 2 = 4

İki artı iki eşittir dört.

artı, eksi, çarpı, bölü, eşittir

1. 5 + 5 = 10

_____

2. 3 x 2 = 6

_____

3. 10 - 5 = 5

_____

4. 20 ÷ 2 = 10

_____

B. Örnekteki gibi yapın.
請依照範例練習。

Örnek: 112 Acil Servis

Yüz on iki acil servis

1. 155 Polis

_____

2. 156 Jandarma

_____

3. 110 İtfaiye

_____

D. Örnekteki gibi yapın.
請依照範例練習。

Örnek: 0952 72 49 72

Sıfır dokuz yüz elli iki yetmiş iki
kırk dokuz yetmiş iki

1. 29392742

_____

2. 00 90 312 4342992

_____

3. 444 0 444

_____

F. Örnekteki gibi yapın.
請依照範例練習。

Örnek: 1. gün

birinci gün

-(ı)ncı, -(i)nci, -(u)ncu, -(ü)ncü

1. 3. sınıf

_____

2. 8. ay

_____

3. 6. hafta

_____

4. 5. soru

_____

Bu ne? Bu kim? Burası neresi? 這是什麼？這是誰？這裡是哪裡？

Sözcük bankası 詞庫

öğretmen - öğrenci - doktor - mühendis - asker - park - hemşire - pilot - tamirci
sekreter - Seul - ördek - orman - yılan - kalem kutusu - mutfak - portakal - süt
su - ekmek - sandalye - İstanbul - masa - bilgisayar - gözlük - sınıf

A. Örnekteki gibi yapın. 請依照範例練習。

Örnek: Bu ne?   Bu masa.
       Bu kim?   Bu öğretmen.
       Burası neresi?   Burası Taipei.

Soru ekleri mı, mi, mu, mü 疑問字尾「嗎」

A. Örnekteki gibi yapın.
請依照範例練習。

Örnek: Bu kalem mi?
  Evet, bu kalem.
  Hayır, bu kalem değil.

1. Bu bıçak _____?
Evet, _____
Hayır, _____

2. Bu bilgisayar _____?
Evet, _____
Hayır, _____

3. Bu kalem _____?
Evet, _____
Hayır, _____

4. O telefon _____?
Evet, _____
Hayır, _____

5. O televizyon _____?
Evet, _____
Hayır, _____

B. Örnekteki gibi yapın.
請依照範例練習。

Örnek: O doktor mu?
  Evet, o doktor.
  Hayır, o doktor değil.

1. Şu sekreter _____?
Evet, _____
Hayır, _____

2. Bu pilot _____?
Evet, _____
Hayır, _____

3. O müdür _____?
Evet, _____
Hayır, _____

C. Örnekteki gibi yapın.
請依照範例練習。

Örnek: Burası hastane mi?
  Evet, burası hastane.
  Hayır, burası hastane değil.

1. Burası tuvalet _____?
Evet, _____
Hayır, _____

2. Orası belediye _____?
Evet, _____
Hayır, _____

3. Orası karakol _____?
Evet, _____
Hayır, _____

4. Orası metro _____?
Evet, _____
Hayır, _____

5. Orası restoran _____?
Evet, _____
Hayır, _____

D. Örnekteki gibi yapın.
請依照範例練習。

Örnek: Bu Ali mi?
  Evet, bu Ali.
  Hayır, bu Ali değil.

1. Bu Yusuf _____?
Evet, _____
Hayır, _____

2. O Özgür _____?
Evet, _____
Hayır, _____

3. Şu Kobi _____?
Evet, _____
Hayır, _____

Nerede? Kimde? 在哪裡？在誰那裡？

A. Okuyun, soruları yanıtlayın. 請閱讀並回答問題。

Kuşlar

Gül   : Anne, kuşlar nerede?
Anne : Ağaçlarda, dağlarda, ormanlarda, çatılarda.
Gül   : Evde yok mu?
Anne : Var, evde de var. Kafeste.
Gül   : Kuşlar ne renk?
Anne : Kuşlar farklı renkte. Kırmızı, sarı, mavi, yeşil, kahverengi, gri veya siyah.

1. Kuşlar nerede? _____
2. Kuşlar ne renk? _____

B. Örnekteki gibi yapın. 請依照範例練習。

Örnek: Kitap nerede? Kitap masada.

1. Televizyon nerede?

_____

2. Araba nerede?

_____

3. Para nerede?

_____

4. Sandalye nerede?

_____

5. Park nerede?

_____

6. Sinema nerede?

_____

7. Market nerede?

_____

C. Örnekteki gibi yapın.

請依照範例練習。

Örnek: Kitap kimde? Kitap öğrencide.

1. Anahtar kimde?

_____

2. Suç kimde?

_____

3. Akıl kimde?

_____

4. Şans kimde?

Burada	Şurada	Orada

Bende	Sende	Onda
Bizde	Sizde	Onlarda

D. Örnekteki gibi yapın.

請依照範例練習。

Örnek: Kitap çantada mı?
Evet, kitap çantada.
Hayır, kitap çantada değil.

1. Telefon cep_____ _____?
Evet, _____
Hayır, _____
2. Köpek sokak_____ _____?
Evet, _____
Hayır, _____
3. Çocuk yatak_____ _____?
Evet, _____
Hayır, _____
4. Müdür ofis_____ _____?
Evet, _____
Hayır, _____

var / yok, var mı? / yok mu? 有 / 沒有，有嗎？ / 沒有嗎？

A. Okuyun, soruları yanıtlayın. 請閱讀並回答問題。

Meriç: Anne, çikolata var mı?
Ergül: Hayır oğlum, yok.
Meriç: Peki, bisküvi var mı?
Ergül: Maalesef o da yok.
Meriç: Yaa! Kola var mı?
Ergül: O da yok.
Meriç: Peki, evde ne var?
Ergül: Evde hiçbir şey yok.

1. Evde çikolata var mı?
   _____

2. Evde bisküvi var mı?
   _____

3. Evde kola var mı?
   _____

4. Evde ne yok?
   _____

B. Okuyun, soruları yanıtlayın. 請閱讀並回答問題。

Yanlışlık

Beyhan: Nereden geliyorsun?
Şengül: Yeni Zelanda'dan.
Beyhan: Orada kanguru var mı?
Şengül: Hayır, kangurular Avustralya'da.
Beyhan: Öyle mi? Peki, koala var mı ?
Şengül: Hayır, koala Avustralya'da.
Beyhan: Yeni Zelanda'da neler var?
Şengül: Yeni Zelanda'da koyunlar var.
Beyhan: Orada kaç milyon insan var?
Şengül: Orada dört milyon insan var.

1. Şengül nereden geliyor?
   _____

2. Nerede kanguru ve koala var?
   _____

3. Koyunlar nerede?
   _____

4. Yeni Zelanda'da kaç milyon insan var?
   _____

C. Soruları yanıtlayın.

請回答問題。

1. Cepte ne var?
   _____

2. Çantada neler var?
   _____

3. Evde kimler var?
   _____

4. Parkta kimler var?
   _____

5. Markette neler var?
   _____

6. Masada neler var?
   _____

7. Ormanda neler var?
   _____

8. Sende ne var?
   _____

9. Sizde kim var?
   _____

D. Soruları yanıtlayın.

請回答問題。

1. Evde televizyon var mı?
   Evet, _____
   Hayır, _____
2. Televizyonda film var mı?
   Evet, _____
   Hayır, _____
3. Filmde Brad Pitt var mı?
   Evet, _____
   Hayır, _____
4. Brad Pitt'te tabanca var mı?
   Evet, _____
   Hayır, _____
5. Tabancada kurşun var mı?
   Evet, _____
   Hayır, _____
6. Bahçede ağaç var mı?
   Evet, _____
   Hayır, _____

Notlarım 我的筆記

Bugün: _____ (gün), _____ (ay), _____ (yıl)

2 TÜRKÇE KONUŞUYORUM

A. Okuyun, soruları yanıtlayın. 請閱讀並回答問題。

Umut

Umut bu yıl okula başlıyor. Çünkü o şimdi altı yaşındadır. Annesi ona çanta, kalem, defter ve kitap alıyor. Umut okula gitmek istemiyor. Çünkü Umut oyuncakları çok seviyor ve evde oyuncaklarıyla oynamak istiyor. Umut'un bütün arkadaşları okula gidiyorlar.

Bir gün Umut'un annesi Umut'u okula götürüyor, ama o okuldan kaçıyor. Umut'un öğretmeni çok iyi bir insandır. Bir gün Umut'un evine geliyor ve Umut'a resimli kitaplar veriyor. Umut bu kitapları çok seviyor. O günden sonra Umut her gün okula gidiyor, çünkü resimlerin altındaki yazıları okumak istiyor.

1. Annesi Umut'a neler alıyor?

_____

2. Umut neden okula gitmek istemiyor?

_____

3. Umut'un arkadaşları ne yapıyorlar?

_____

4. Umut'un öğretmeni neler getiriyor?

_____

5. Umut kaç yaşında?

_____

B. Doğru (D) mu, yanlış (Y) mı?
對或錯？

Umut bu yıl okula başlıyor.   ( )
Umut okula gitmek istemiyor.   ( )
Arkadaşları oyunu çok seviyorlar.   ( )
Umut'un öğretmeni çok iyi bir insandır. ( )
Umut resimli kitapları seviyor.   ( )

C. Eşleştirin. 請配對。

1. *Sabahları süt*   a. yiyorum.
2. Evde temizlik   b. alıyorum.
3. Türkçe kitap   c. seyrediyorum.
4. Sinemada film   d. *içiyorum.*
5. Marketten ekmek   e. gidiyorum.
6. Lokantada yemek   f. okuyorum.
7. Postaneye   g. yapıyorum.

A. Örnekteki gibi yapın.

請依照範例練習。

Örnek: Ali okula geliyor.
   Ali okula gelmiyor.

1. Bebek mama yiyor.

_____

2. Ben Çince biliyorum.

_____

3. Sen kahve seviyorsun.

_____

4. Caner telefon ediyor.

_____

5. Çocuklar bahçede oynuyor.

_____

B. Örnekteki gibi yapın.

請依照範例練習。

Örnek: Ali okula geliyor.
   Ali okula geliyor mu?

1. Sen kitap okuyorsun.

_____

2. O sinemaya gidiyor.

_____

3. Anne yemek pişiriyor.

_____

4. Öğrenciler derste sıkılıyorlar.

_____

5. Biz çok konuşuyoruz.

_____

C. Boşlukları uygun sözcüklerle tamamlayın. 請填入適合的詞語。

1. *Hiçbir şey* görmüyorum.
2. _____ sigara içmiyorum.
3. _____ ders çalışıyorum.
4. _____ gazete okuyorum.
5. _____ yürüyüş yapıyorum.
6. _____ kafeye gidiyorum.
7. _____ anlamıyorum.
8. _____ tatile çıkmıyorum.
9. _____ futbol oynamıyorum.
10. _____ şarkı söylüyorum.

Hiç	Her gün
Hiçbir zaman	Her sabah
Hiçbir şey	Her akşam
Hiçbir yerde	Her ay
Hiç kimse	Her yıl
Herkes	Her yer

D. Örnekteki gibi yapın.

請依照範例練習。

Örnek: Taipei'de yaşıyorum.
   Nerede yaşıyorsun?

1. Okuldan geliyor.

_____ ?

2. Eve gidiyor.

_____ ?

3. Otobüse biniyoruz.

_____ ?

4. Kütüphanede ders çalışıyorum.

_____ ?

5. Lokantada makarna yiyoruz.

_____ ?

6. Kitap okuyorum.

_____ ?

E. Örnekteki gibi yapın.

請依照範例練習。

Örnek: Ders çalışıyor musun?
   Evet, ders çalışıyorum.

1. Sen Türkçe anla_____ _____?
   Evet, _____
   Hayır, _____

2. O çay sev_____ _____?
   Evet, _____
   Hayır, _____

3. Siz kahvaltı yap_____ _____?
   Evet, _____
   Hayır, _____

4. Onlar bilgisayar kullan_____ _____?
   Evet, _____
   Hayır, _____

Ek eylem　字尾動詞

A. Okuyun, soruları yanıtlayın. 請閱讀並回答問題。

　　Benim adım Veysel. Ben Türküm ve İstanbul'da yaşıyorum. Ben 28 yaşındayım, evliyim. Ben bir okulda öğretmenim. Matematik öğretiyorum. Eşim de öğretmen, adı Damla. Damla Türkçe öğretiyor. O, 26 yaşında. Damla mavi gözlü ve sarışın. Ben esmerim, kahverengi gözlüyüm. Damla zayıf ama ben biraz şişmanım. Damla kısa boylu ama ben orta boyluyum. Damla çok düzenli ve temiz, ben biraz düzensizim. Ama ikimiz de çok mutluyuz.

1. Veysel nerede yaşıyor? _____
2. Veysel evli mi? _____
3. Veysel ne iş yapıyor? _____
4. Veysel nasıl biri? _____
5. Damla matematik öğretiyor mu? _____
6. Damla, şişman mı? _____
7. Damla, uzun boylu mu? _____

B. Kendinizi tanıtın. 請介紹您自己。

_____
_____
_____
_____
_____

C. Soruları yanıtlayın. 請回答問題。

1. Nerelisin?

2. Nasılsın?

3. Siz Türk müsünüz?

4. Evli misiniz?

5. Öğrenci misin?

6. Yorgun musunuz?

7. Neredesin?

8. Hasta mısınız?

9. İyi misiniz?

10. Kaç yaşındasın?

D. Örnekteki gibi yapın. 請依照範例練習。

... saçlıyım.	... gözlüyüm.	... boyluyum.	Örnek
kısa	ela	kısa	*Ben kelim. Ela gözlüyüm, kısa boyluyum.*
uzun	siyah	orta	
kel	mavi	uzun	
sarı	kahverengi		
dalgalı	yeşil		

-mak / -mek istemek 「想要……」句型

A. Soruları yanıtlayın.
請回答問題。

1. Ne yemek istiyorsun?

_____

2. Ne içmek istiyorsun?

_____

3. Ne yapmak istiyorsun?

_____

4. Ne okumak istiyorsun?

_____

5. Ne dinlemek istiyorsun?

_____

6. Ne seyretmek istiyorsun?

_____

7. Ne almak istiyorsun?

_____

8. Ne konuşmak istiyorsun?

_____

9. Ne öğrenmek istiyorsun?

_____

10. Ne bilmek istiyorsun?

_____

11. Nerede yaşamak istiyorsun?

_____

12. Kiminle dans etmek istiyorsun?

_____

C. Arkadaşınıza sorun, yazın.
請詢問您的朋友並寫下答案。

Ne yapmak istiyorsun?
Uyumak istiyorum.
Ne yapmak istemiyorsun?
Ödev yapmak istemiyorum.
O uyumak istiyor ama ödev yapmak istemiyor.

> kitap okumak / gazete okumak
> kahve içmek / süt içmek
> film seyretmek / müzik dinlemek
> dinlenmek / çalışmak
> basketbol oynamak / tenis oynamak
> kedi sevmek / köpek sevmek
> gitar çalmak / keman çalmak
> çalışmak / tembellik yapmak
> mektup yazmak / telefon etmek
> yürümek / koşmak

B. Sorularını yazın.
請寫出其問句。

1. _____ ?
   Tuvalete gitmek istiyorum.
2. _____ ?
   Sigara içmek istiyorum.
3. _____ ?
   Teneffüse çıkmak istiyorum.
4. _____ ?
   Telefon etmek istiyorum.
5. _____ ?
   Dua etmek istiyorum.
6. _____ ?
   Tatil yapmak istiyorum.
7. _____ ?
   Uyumak istiyorum.
8. _____ ?
   Ayran içmek istiyorum.
9. _____ ?
   Türkçe öğrenmek istiyorum.
10. _____ ?
    Hiçbir şey yapmak istemiyorum.

D. Yanıtlayın. 請回答。

1. Burada beklemek istiyor musun?
   Evet, _____
   Hayır, _____
2. Uyumak istiyor mu?
   Evet, _____
   Hayır, _____
3. Dinlenmek istiyorlar mı?
   Evet, _____
   Hayır, _____
4. Evlenmek istiyor musunuz?
   Evet, _____
   Hayır, _____
5. Zengin olmak istiyor musun?
   Evet, _____
   Hayır, _____

Ad durum ekleri: -de, -den, -(y)e　在格、從格、到格

A. Boşlukları tamamlayın, soruları yanıtlayın.

請填空並回答問題。

A: Saat kaç?
B: Saat iki. Neden soruyorsun?
A: Bugün sinema_____ gitmek istiyorum.
B: Öyle mi? Film saat kaçta başlıyor?
A: Akşam saat yedi_____ başlıyor.
B: Ben de gelmek istiyorum ama önce market_____ gitmek istiyorum.
A: Tamam, sinema_____ önce alışveriş yapıyoruz.
B: Sen de mi alışveriş yapmak istiyorsun?
A: Evet.
B: O zaman önce alışveriş_____ sonra film_____ gidiyoruz.
A: Acaba film kaç dakika sürüyor?
B: Sanırım bir buçuk saat sürüyor.
A: O zaman saat kaçta buluşuyoruz?
B: Saat altı_____ buluşuyoruz.
A: Nerede buluşuyoruz?
B: Ana kapı_____
A: Tamam, görüşürüz.

1. Film saat kaçta başlıyor?
_____
2. Saat kaçta buluşuyorlar?
_____
3. Ne yapmak istiyorlar?
_____
4. Nerede buluşuyorlar?
_____
5. Şimdi saat kaç?
_____

B. Boşlukları tamamlayın.

請填空。

1. Çocuk park_____ top oynuyor.
2. Öğrenciler sınıf_____ Türkçe öğreniyorlar.
3. Sinema_____ güzel bir film var.
4. Yavuz saat 12'_____ yatıyor.
5. Tuğrul Sinop'_____ çalışıyor.
6. Maokong'_____ yeşil çay içiyorum.
7. Taipei 101'_____ fotoğraf çekiyorum.

C. Boşlukları tamamlayın. 請填空。

1. Hiroşi, Tokyo'_____ geliyor.
2. Çanta_____ kalem alıyorum.
3. Matematik_____ nefret ediyor.
4. Yükseklik_____ korkuyor musun?
5. Ben ev_____ çıkıyorum.
6. Havaalanı_____ geliyorum.

D. Sen nelerden korkuyorsun?

你害怕哪些東西？

yılan - köpek - karanlık- dişçi
korku filmi - yalnızlık - deprem
savaş - hayalet - ...

A. Boşlukları uygun sözcüklerle tamamlayın.
請填入適當的詞語。

> ev - okul - otobüs - dolmuş
> restoran - masa - defter - istasyon
> turist - pantolon

1. Biz her sabah okula gidiyoruz.
2. Turistler _____ biniyorlar.
3. Tren _____ giriyor.
4. Ben _____ telefon ediyorum.
5. Kadın mağazada _____ bakıyor.
6. Siz hiç _____ gitmiyorsunuz.
7. Sen niçin _____ binmiyorsun?
8. Gülten _____ bir bardak koyuyor.
9. Öğrenci _____ kompozisyon yazıyor.
10. Çocuk _____ el sallıyor.

B. Kadın nereye bakıyor?
Yazın. 女子在看哪裡？寫下來。

Kadın _____

_____

_____

_____

_____

_____

_____

C. Örnekteki gibi yapın. 請依照範例練習。

Örnek: Okul_____ çıkıyorum, ev_____ gidiyorum.
Okuldan çıkıyorum, eve gidiyorum.

1. Şengül, Tainan'_____ Taipei'_____ geliyor.
2. Ayşe, sınıf_____ sokak_____ bakıyor.
3. Duygu, tahta_____ defter_____ yazıyor.
4. Onlar, Tayvan'_____ Türkiye'_____ dönüyorlar.
5. Uçak, Taoyuen'_____ Tokyo'_____ gidiyor.
6. Ayşe'_____ alıyorum, Ahmet'_____ veriyorum.

> tabak → tabağa
> süzgeç → süzgece
> yatak → yatağa
> cep → cebe
> bardak → bardağa
> gözlük → gözlüğe
> kaşık → kaşığa
> ilaç → ilaca
> şarap → şaraba
> renk → renge

D. Boşlukları uygun eklerle tamamlayın. 請填入適當的格。

Jale Hanım mutfak_____ yemek hazırlıyor. Masa____ tabak, çatal ve kaşık var. Tabaklar_____ yemek koyuyor. Çocuklar_____ sesleniyor. Onlar da hemen mutfak_____ geliyorlar. Jale Hanım' "Eline sağlık" diyorlar. O da çocuklar_____ "Afiyet olsun" diyor. Sonra hep birlikte yemek yiyorlar. Yemek_____ sonra ev_____ çıkıyorlar ve park__ gidiyorlar. Park_____ geziyorlar ve dondurmacı_____ dondurma alıyorlar.

> **Ben**
> Bende - Benden - Bana
> **Sen**
> Sende - Senden - Sana
> **O**
> Onda - Ondan - Ona
> **Biz**
> Bizde - Bizden - Bize
> **Siz**
> Sizde - Sizden - Size
> **Onlar**
> Onlarda - Onlardan - Onlara

A. Boşlukları uygun eklerle tamamlayın, soruları yanıtlayın.
請填入適當的格並回答問題。

Sezgi

Sezgi 22 yaşında. Türkçe bölümü_____ öğrenci. O her sabah yurt_____ çıkıyor ve okul_____ gidiyor. Okul_____ çok arkadaşı var. O çok çalışkan bir öğrenci, çabuk Türkçe öğreniyor. Sezgi ders_____ sonra hemen kütüphane_____ gidiyor ve ora_____ ders çalışıyor. Sonra restoran_____ gidiyor ve restoran_____ öğle yemeği yiyor. Sonra kampüs_____ biraz dolaşıyor ve temiz hava alıyor. Ders_____ hiç sıkılmıyor. Türkçe öğrenmek çok zevkli. Sezgi gelecek yıl Türkiye'_____ gitmek istiyor.

1. Sezgi ne okuyor?   _____
2. O nasıl bir öğrenci?   _____
3. Nerede ders çalışıyor?   _____
4. Derste neden sıkılmıyor?   _____

B. Soruları yanıtlayın. Arkadaşınıza sorun, yanıtları karşılaştırın. 請回答問題，詢問您的朋友並比較彼此間的回答。

	Benim yanıtım	Arkadaşımın yanıtı
1. Öğretmen kime bakıyor?		
2. Öğretmen nereye bakıyor?		
3. Polis kime yardım ediyor?		
4. Sen kime telefon ediyorsun?		
5. Anne kime süt veriyor?		
6. Öğrenciler neye biniyorlar?		
7. Tatilde nereye gidiyorsun?		
8. Neye çay koyuyorsun?		
9. Parayı nereye koyuyorsun?		

C. Örnekteki gibi yapınız. 請依照範例練習。

Örnek: Nereden nereye gidiyorsun? Orada ne yapıyorsun?
Ben evden çıkıyorum ve parka gidiyorum. Parkta koşuyorum.

Eve gidiyorum. Hoşça kalın arkadaşlar!

1. _____
2. _____
3. _____
4. _____
5. _____

Notlarım 我的筆記

Bugün: _____ (gün), _____ (ay), _____ (yıl)

3 BENİM AİLEM

A. Okuyun, boşlukları tamamlayın. 請閱讀並填空。

Benim Odam

Ben_____ ad_____ Cenk. 23 yaşındayım. Ben Taipei'de Ulusal Chengchi Üniversitesi'nde öğrenciyim. Türkçe okuyorum. Türkçe öğrenmek çok zevkli ve çok ilginç. Burası ben_____ oda_____. Biraz dağınık, kusura bakmayın. Odamda ben_____ çalışma masa_____, bilgisayar_____ ve kitaplar_____ var. Şu benim yatak_____. Orada uyuyorum. Köşede ben_____ spor eşyalar_____ var. Şunlar ben_____ spor ayakkabılar_____, şu da basketbol top_____. Ben basketbol oynamayı çok seviyorum. Şurada bir bisiklet var. Ama o ben_____ değil. O arkadaşım_____ bisiklet_____. Bisikleti bugün ben kullanıyorum. Ben odamı çok seviyorum. Siz_____ oda_____ nasıl?

B. Senin odan nasıl? Odanda neler var? Yazın.
你的房間如何？你的房間裡有什麼？寫下來。

_____

_____

_____

_____

İyelik ekleri 人稱所有格與所屬格

A. Boşlukları tamamlayın.

請填空。

1. Ben_____ arkadaş_____
2. Ben_____ öğretmen_____
3. Ben_____ aile_____
4. Ben_____ okul_____
5. Sen_____ çanta_____
6. Sen_____ bisiklet_____
7. Sen_____ ev_____
8. Sen_____ kardeş_____
9. O_____ araba_____
10. O_____ ders_____
11. O_____ ödev_____
12. O_____ baba_____
13. Biz_____ sınıf_____
14. Biz_____ bilgisayar_____
15. Biz_____ kitap_____
16. Biz_____ sokak_____
17. Siz_____ kalem_____
18. Siz_____ telefon_____
19. Siz_____ defter_____
20. Siz_____ çay_____
21. Onlar_____ sandalye_____
22. Onlar_____ üniversite_____
23. Onlar_____ köpek_____
24. Onlar_____ kedi_____

B. Boşlukları tamamlayın.

請填空。

1. Sen_____ para_____ yok mu?
   Evet, ben_____ para_____ yok.
   Hayır, ben_____ para_____ var.
2. Sen_____ kitap_____ var mı?
   Evet, ben_____ kitap_____ var.
   Hayır, ben_____ kitap_____ yok.
3. Biz_____ sınıf_____ nerede?
   Siz_____ sınıf_____ DaoFan'da.
4. Sen_____ kalem_____ yok mu?
   Evet, ben_____ kalem_____ yok.
   Hayır, ben_____ kalem_____ var.
5. O_____ araba_____ ne renk?
   O_____ araba_____ kırmızı.
6. Siz_____ aile_____ nerede yaşıyor?
   Ben_____ aile_____ Taipei'de yaşıyor.
7. Sen_____ kardeş_____ kaç yaşında?
   Ben_____ kardeş_____ 8 yaşında.
8. Sen_____ telefon numara_____ ne?
   Ben_____ telefon numara_____ 097866317.
9. Sen_____ baba_____ ne iş yapıyor?
   Ben_____ baba_____ doktor.
10. Sen_____ anne_____ çalışıyor mu?
    Evet, ben_____ anne_____ çalışıyor.
    Hayır, ben_____ anne_____ çalışmıyor.

C. Beni tanıyın. 找出我是誰。

**penguen - aslan - eşek - arı - kanguru - fil
zürafa - balık - kelebek - kartal - tavşan**

1. Benim kulaklarım çok uzun.
2. Benim gözlerim çok güzel.
3. Benim dişlerim çok sivri.
4. Benim hafızam çok zayıf.
5. Benim ömrüm çok kısa.
6. Benim boynum çok uzun.
7. Benim hortumum çok uzun.
8. Benim balım çok tatlı.
9. Benim ülkem çok soğuk.
10. Benim evim Avustralya'da.
11. Benim pençelerim çok güçlü.

önce / sonra, -dan önce / -dan sonra, -madan önce / -dıktan sonra, -a kadar
「……以前」、「……以後」、「到……為止」

A. Eylemleri uygun ulaçlarla birleştirin.

請用合適的動副詞來完成句子。

Örnek: ders başlamak / sohbet etmek

> *Ders başlamadan önce sohbet ediyoruz.*
>
> *Sohbet ettikten sonra ders başlıyor.*

1. uyumak / kitap okumak _____
2. uyanmak / kahvaltı yapmak _____
3. yatmak / rüya görmek _____
4. yemek yemek / hesap ödemek _____
5. çalışmak / para kazanmak _____

B. Sözcükleri uygun ulaçlarla birleştirin. 請用合適的副詞來連結詞語。

Örnek: iki / üç

> *İkiden sonra üç*

1. salı / çarşamba _____
2. 2024 / 2025 _____
3. şubat / mart _____
4. bugün / yarın _____
5. yağmur / güneş _____

C. Eylemleri uygun ulaçlarla birleştirin.

請用合適的動副詞來完成句子。

Örnek: önce dinlemek / sonra yazmak

> *Önce dinliyorum sonra yazıyorum.*

1. eve gitmek / televizyon seyretmek _____
2. bilet almak / otobüse binmek _____
3. teneffüse çıkmak / kahve içmek _____
4. gitmek / gelmek _____
5. yazmak / silmek _____

D. Boşlukları tamamlayın. 請填空。

Örnek: Ev_____ _____ koşuyorum.

> *Eve kadar koşuyorum.*

1. İstanbul_____ _____ uçakla gidiyorum.
2. Pazar_____ _____ ders yok.
3. Öğlen_____ _____ yatıyorum.
4. Bu zaman_____ _____ ofisteyim
5. Saat beş_____ _____ çalışıyorum.

> Bugünlük buraya kadar.

Neyle? Kiminle? "ile" bağlacı 用什麼？和誰？連接詞「ile」

A. Boşlukları tamamlayın.
請填空。

Örnek: Ben okula araba_____ gidiyorum.
Ben okula arabayla gidiyorum.

1. Çocuk top_____ oynuyor.
2. Ben pipet_____ ayran içiyorum.
3. Biz anahtar_____ kapı açıyoruz.
4. Mehmet telefon_____ konuşuyor.
5. Mehmet telefonda Ali'_____ konuşuyor.
6. Tayvanlılar çubuk_____ pilav yiyorlar.
7. Öğrenci silgi_____ tahta siliyor.

B. Boşlukları tamamlayın.
請填空。

Örnek: Ben anne_____ alışveriş yapıyorum.
Ben annemle alışveriş yapıyorum.

1. Yağmur kardeş_____ oynuyor.
2. Ben arkadaş_____ sinemaya gidiyorum.
3. Biz öğretmen_____ konuşuyoruz.
4. Mehmet baba_____ sohbet ediyor.
5. Ben eş_____ yürüyüş yapıyorum.
6. Siz dost_____ yazışıyor musunuz?
7. Doktor hasta_____ ilgileniyor.

C. Soruları yanıtlayın. 請回答問題。

Örnek: Sen kiminle konuşuyorsun?
Ben onunla konuşuyorum.

1. Sen kiminle tanışıyorsun? _____
2. Sen kiminle buluşuyorsun? _____
3. Sen kiminle öpüşüyorsun? _____
4. Sen kiminle selamlaşıyorsun? _____
5. Sen kiminle ders çalışıyorsun? _____
6. Sen kiminle dans ediyorsun? _____

D. Eşleştirin. 請配對。

Neyle? Kiminle?

1. *Tıraş oluyorum.*
2. Çorba içiyorum.
3. Kitap okuyorum.
4. Mektup yazıyorum.
5. Konuşuyorum.
6. Kahve içiyorum.
7. Oynuyorum.
8. Yemek pişiriyorum.
9. Yıkanıyorum.
10. Dişlerimi fırçalıyorum.
11. Rapor yazıyorum.
12. Okula gidiyorum.
13. Evi süpürüyorum.

NEYLE? KİMİNLE?

şampuanla
fincanla
gözlükle
jiletle
fırçayla
otobüsle
kaşıkla
süpürgeyle
bilgisayarla
tencereyle
Toto'yla
telefonla
kalemle

Saatler: Saat kaç? Saat kaçta? 時間表達：幾點？在幾點？

Ben Onur. Üniversitede öğrenciyim. Benim evim üniversiteye çok yakın. Her sabah saat yedide kalkıyorum. Kahvaltı yaptıktan sonra saat yedi buçukta evden çıkıyorum. Okula otobüsle gidiyorum. Evden okula on beş dakika sürüyor. Saat yedi kırk beşte otobüse biniyorum, saat sekizde okulda oluyorum. Dersim saat sekizi on geçe başlıyor. Derslerim genellikle saat on ikide bitiyor. On ikiden bire kadar yemek yiyorum, dinleniyorum. Sonra gitar kursuna gidiyorum. Gitar kursu saat bir buçukta başlıyor ve iki saat sürüyor.

A. Soruları yanıtlayın.
請回答問題。

1. Onur sabah saat kaçta kalkıyor?
_____

2. Onur'un dersi saat kaçta başlıyor?
_____

3. Onur gitar kursuna saat kaçta gidiyor?
_____

4. Okuldan eve kaç dakika sürüyor?
_____

B. Doğru mu yanlış mı?
對或錯？

1. Onur'un evi okula uzak. ( )
2. Onur piyano kursuna gidiyor. ( )
3. Onur saat on ikide yemek yiyor. ( )
4. Saat yedi buçukta evden çıkıyor. ( )

C. Saatleri yazın. 請寫出時間。
Örnek: Saat kaç? (07.30)
　　　Saat yedi buçuk.

12.00	12.15	12.20	12.30	12.50
16.40	21.10	07.35	19.30	15.15

D. Saatleri yazın ve cümle yapın. 請寫出時間並造句。
Örnek: Saat kaçta kahvaltı yapıyorsun? (07.30)
　　　Saat yedi buçukta kahvaltı yapıyorum.

12.00	12.15	12.20	12.30	12.50
08.20	11.35	24.00	16.50	10.00

-mak / -mek için 「為了……」

A. Sorun, yanıtları karşılaştırın.

請詢問並比較答案。

Örnek: Güzel bir uyku için ne yapmak
lazım?
    a. Duş almak lazım.
    b. Kahve içmemek lazım.
    c. Az yemek lazım.

1. Sağlıklı kalmak için neler yapıyorsun?
    a. _____
    b. _____
    c. _____
2. İyi Türkçe konuşmak için neler yapıyorsun?
    a. _____
    b. _____
    c. _____
3. Yemek yapmak için neler lazım?
    a. _____
    b. _____
    c. _____
4. Okula gitmek için ne kullanıyorsun?
    a. _____
    b. _____
    c. _____
5. Zayıflamak için ne yapmak lazım?
    a. _____
    b. _____
    c. _____
6. Zengin olmak için ne yapmak lazım?
    a. _____
    b. _____
    c. _____
7. Güzel bir dünya için ne yapmak lazım?
    a. _____
    b. _____
    c. _____

B. Örnekteki gibi yapın.

請依照範例練習。

Örnek: Niçin derse gelmiyorsun?
    a. Derse gelmiyorum çünkü hastayım.
    b. Hastayım. Bunun için gelmiyorum.
    c. Hastayım. Bu nedenle gelmiyorum.

1. Niçin Türkçe öğreniyorsun?
    a. _____
    b. _____
    c. _____
2. Niçin yemek yemiyorsun?
    a. _____
    b. _____
    c. _____
3. Niçin konuşmuyorsun?
    a. _____
    b. _____
    c. _____
4. Niçin tatile gitmiyorsun?
    a. _____
    b. _____
    c. _____
5. Niçin çalışıyorsun?
    a. _____
    b. _____
    c. _____
6. Niçin evleniyorsun?
    a. _____
    b. _____
    c. _____
7. Niçin alışveriş yapıyorsun?
    a. _____
    b. _____
    c. _____

Sözcük Bankası　詞庫

> **burnum akıyor - karnım ağrıyor - karnım aç - başım dönüyor - midem bulanıyor**
> **gözüm kararıyor - kulağım çınlıyor - sırtım kaşınıyor - ellerim titriyor**
> **gözüm görmüyor - kulağım duymuyor - burnum koku almıyor**
> **ağzım kuruyor - boğazım yanıyor - kalbim çarpıyor**

A. Okuyun, tartışın.　請閱讀並討論。

Niçin başın ağrıyor?

Örnek: Başım ağrıyor, çünkü hastayım.

1. Niçin burnun akıyor? _____
2. Niçin sırtın kaşınıyor? _____
3. Niçin başın ağrıyor? _____

B. Okuyun ve yazın.　請閱讀並寫作。

Adı	: Mustafa
Soyadı	: Kaya
Doğum yeri	: Malatya
Doğum tarihi	: 05. 08. 1983
Uyruğu	: Türk
Medeni hâli	: Evli
Mesleği	: Öğretmen
Yaşı	: 41
Kilosu	: 75
Boyu	: 1.75
Göz rengi	: Kahverengi
Saç rengi	: Siyah
Burcu	: Aslan
Hobileri	: Balık tutmak, resim yapmak
Adresi	: 1452 sokak. No: 38 Konak/ İzmir
Telefonu	: 0505 5965883

Benim adım Mustafa, soyadım Kaya. _____
_____
_____
_____
_____
_____

Notlarım 我的筆記

Bugün: _____ (gün), _____ (ay), _____ (yıl)

4 GİTME KAL

A. İnternetten şarkıyı dinleyin, boşlukları tamamlayın.

請從網路聆聽歌曲並填空。

Alpay - Yanımda Kal

Git_____, yanımda kal
Gözler_____ ayırma sakın gözlerini
Yokluğuna alıştırmadan _____
Git_____, yanımda kal
Göçmen kuşlar_____ bir tutma kendini
Yokluğuna alıştırmadan _____
Git_____
Hiç git_____ terk et_____
_____ çekemem hasretini
İstersen al sevinçlerimi
Sakın git_____; git_____
Git_____, yanımda kal
Karlarda yankılanmasın ayrılığımız
Raylarda düğümlenmesin hıçkırığımız
Git_____, yanımda kal
Yalvarıyor senin için söylediğim şarkılar
İsyan ediyor _____ bütün anılar
Git_____

B. Nerede yazıyor? Eşleştirin. 寫在哪裡？請配對。

1. Hayvanlara yem vermeyin!   kapıda
2. Çimlere basmayın!   sokakta
3. Yemek yemeyin!   camide
4. Boyalıdır, oturmayın!   parkta
5. Sigara içmeyin!   bankta
6. *İtiniz!* ⟶ *kapıda*
7. Çiçekleri koparmayın!   hayvanat bahçesinde
8. Ayakkabılarınızı çıkarın!   lokantada
9. Park etmeyin!   metroda
10. Rahatsız etmeyin!   bahçede

A. Örnekteki gibi yapın.

請依照範例練習。

Örnek: Sinemaya gitmek istiyorum.
Sinemaya gideyim.

1. Biraz dinlenmek istiyorum.

2. Seninle konuşmak istiyorum.

3. Yorgunum, uyumak istiyorum.

4. Kitap okumak istiyorum.

5. Sıkıldım, dolaşmak istiyorum.

B. Soruları yanıtlayın.

請回答問題。

Örnek: Size yardım edeyim mi?
Et! / Etme!

1. Dans edelim mi?

2. Birlikte yemek yiyelim mi?

3. Yarın buluşalım mı?

4. Sana bir fıkra anlatayım mı?

5. Sana bir sır vereyim mi?

C. Soruları yanıtlayın. 請回答問題。

Örnek: Füsun kitap okusun mu?
Evet, okusun.
Hayır, okumasın.

1. Ali sana telefon etsin mi?
2. Öğrenciler yarın derse gelsinler mi?
3. Hocam, Kemal yarın rapor versin mi?
4. Ege şarkı söylesin mi?
5. Çocuk çikolata yesin mi?

D. Tümceleri yazın. 請造句。

Örnek: yemek, beraber, mi, pişir-, biz
Biz beraber yemek pişirelim mi?

1. izle-, film, akşam, bu, sen, ben, ve, mi?

2. tatlı, yemekten sonra, pastane, ye-, biz, mi?

3. öğleden sonra, öğrenciler, yap-, mı, piknik

4. kal-, ben, arkadaşlarım, gece, bu, mı?

5. bilgisayar, çalış-, için, sınav, akşam, bu, mı, biz

Haydi çıkalım!
Haydi gidelim!
Haydi içelim!
Haydi çalışalım!

Başlayalım mı?
Gidelim mi?
Konuşalım mı?
Oturalım mı?

Gel bakalım!
Konuş bakalım!
Yaz bakalım!
Oku bakalım!

A. Okuyun, tartışın.　請閱讀並討論。

Hangi durumda ne söylüyoruz?

1. Nezleyim, hapşırıyorum.	- Çok yaşa!
2. Özcan yemek yiyor.	- Afiyet olsun!
3. Coşkun bugün hasta.	- Geçmiş olsun!
4. Yeni bir ayakkabısı var.	- Güle güle giy!
5. Araban yeni mi?	- Güle güle kullan!
6. Yeni bir evim var.	- Güle güle otur!
7. Tatile çıkıyorum.	- Güle güle git!
8. Görüşürüz.	- Hoşça kal!
9. Temizlik yapıyorum.	- Kolay gelsin!
10. Kuafödren geliyorum.	- Sıhhatler olsun!
11. Yemek çok güzel.	- Eline sağlık!
12. Oğlum Amerika'da okuyor.	- Allah kavuştursun.
13. Hastayım.	- Kendine iyi bak!
14. İçeri gireyim mi?	- Buyurun!

B. Boşlukları tamamlayın.　請填空。

Diyalog 1

A: Günaydın Hasan Bey. _____ _____ . Ne yapıyorsun?

B: Günaydın Ali'ciğim. Çiçekleri suluyorum.

A: Eşin hasta mı? Nesi var?

B: Evet, biraz hasta, ama önemli değil.

A: _____ _____

B: Sağ ol!

A: _____ _____

B: Güle güle!

Diyalog 2

A: Ayşe, yeni elbisem nasıl?

B: Çok güzel! _____ _____ _____

B: Akşam geç geliyorum. Beni bekleme.

A: Hayırdır. Bir şey mi var?

B: Evet, okul arkadaşım Japonya'ya gidiyor.
Bir kafede buluşuyoruz.

A: Tamam canım. Fazla içme!

_____ _____

B: Merak etme!

Dikkatli ol!

Dikkat et!

Mutlu ol!

Sabırlı ol!

A. Aşağıdaki boşlukları tamamlayın. 請填空。

1. Otobüs_____ şoför_____ dikkatli.
2. Avukat_____ ücret_____ pahalı değil.
3. Mühendis_____ arkadaş_____ evli mi?
4. Müdür_____ sekreter_____ nerede?
5. Pilot_____ ad_____ ne?
6. Sinema_____ kapı_____ niçin kapalı?
7. Sınıf_____ pencere_____ çok küçük.
8. Ev_____ oda_____ 24 metrekare.
9. Ofis_____ hava_____ çok soğuk değil.
10. Okul_____ hemşire_____ güler yüzlü.
11. Ayşe_____ baba_____ doktordur.
12. Fransa_____ simge_____ Eiffel kulesidir.
13. İzmir_____ deniz_____ temiz ve güzeldir.
14. Yusuf_____ okul_____ Alsancak'ta.
15. Gökay_____ arkadaş_____ şu okulda.

B. Aşağıdaki boşlukları tamamlayın. 請填空。

1. Çorba_____ tat_____ iyi değil.
2. Gömlek_____ renk_____ çok güzel.
3. Dolap_____ kapak_____ bozuk.
4. Ağaç_____ renk_____ yeşildir.
5. Yurt_____ dert_____ bitmiyor.
6. Ev_____ bahçe_____ kapı_____ açık.
7. Ali_____ amca_____ ad_____ ne?
8. Ayşe_____ anne_____ kardeş_____ kim?
9. Osman_____ arkadaş_____ ev_____ nerede?
10. Murat_____ köpek_____ ad_____ ne?
11. Kitap_____ fiyat_____ ne?
12. Ağaç_____ yeşil_____ ne güzel!
13. Kazak_____ desen_____ çok farklı.
14. Yurt_____ adres_____ şurada yazılı.
15. Çocuk_____ ilaç_____ nerede?

C. Eşleştirin, sözcüğü yazın. 請配對並寫出單字。

1. *Çilek*	salonu	_____
2. İnek	bahçesi	_____
3. Çay	sonu	_____
4. Kız	metrosu	_____
5. Taichung	yılı	_____
6. Çin	keki	_____
7. Taipei	bardağı	_____
8. Hayvanat	böreği	_____
9. Hafta	sütü	_____
10. Ağustos	*reçeli* → *reçel*	
11. 2014	evladı	_____
12. Toplantı	ayı	_____

D. Örnekteki gibi yapın. 請依照範例練習。

Örnek: çirkin / ördek

    Çirkin ördek

1. demir / kapı

_____

2. güzel / bahçe

_____

3. beyaz / kale

_____

4. beyaz / saray

_____

5. yaşlı / adam

_____

A. Okuyun, soruları yanıtlayın. 請閱讀並回答問題。

Hsinchu Gezisi

Türkçe Bölümü 2. sınıf öğrencileri bu hafta sonu Hsinchu'ya bir gezi düzenliyorlar. Gitmeden önce hazırlıklar yapıyorlar. Onlar gezi için hocalarını da davet ediyorlar. Geziye toplam 18 öğrenci ve 4 öğretmen katılıyor. Gezinin sorumlusu Ayhan geziye çıkmadan önce arkadaşlarıyla sohbet ediyor.

A: Arkadaşlar! Yanımıza yiyecek alalım mı?

B: Bence almayalım. Orada yiyelim, orada içelim.

A: Orada vejetaryen yemekler var mı?
Çünkü Mustafa Hoca bize domuz eti yemiyorum, vejetaryenim diye söyledi.

B: Merak etmesin. Orada her türlü yiyecek var.

A: Arkadaşlar, otobüs hazır mı? Otobüse binelim mi?

C: Biraz bekleyelim. Mehmet Hoca henüz yok. Bana alışveriş yapıyorum, 10 dakika sonra geliyorum diye söyledi.

A: Yingge'da ne yapalım? Müzeye gidelim mi?

D: Müzeye gitmeyelim, çünkü zamanımız sınırlı. Bol bol yiyelim, içelim ve gezelim.

1. Geziye kimler katılıyor?

_____

2. Gezide ne yapmak istiyorlar?

_____

3. Gezinin sorumlusu kim?

_____

4. Mustafa Hoca neden domuz eti yemiyor?

_____

5. Kim neden geç kalıyor?

_____

6. Onlar niçin müzeye gitmek istemiyorlar?

_____

A. Diyaloğu "diye" şeklinde metin haline getirin.

請使用「diye」將對話改寫成文章。

A: Saat kaçta kalkıyorsun?

B: Saat sekizde kalkıyorum.

A: Sekiz geç değil mi? İş saat kaçta başlıyor?

B: İşe saat 9'da başlıyorum. Ama iş yerim uzak değil. Şimdi saat kaç?

A: Saatim yok ama sanırım dokuza geliyor. İşe gitmek için geç değil mi?

B: Evet, bugün çok geç kaldım.

A: O zaman hemen yola çık.

B: En iyisi patrona telefon edeyim ve bugün için izin alayım.

A, B'ye saat kaçta kalkıyorsun diye soruyor.

B, A'ya saat sekizde _____

_____

_____

_____

_____

_____

_____

_____

_____

_____

B. Boşlukları tamamlayın. 請填空。

Doğan ve arkadaşı markete gidiyor.

A: Doğan! Bu akşam markete git_____, alışveriş yap_____. Evde yiyecek yok.

B: Tamam. Liste yap_____, unutma_____.

A: Önce yiyecek bölümüne git_____, sonra içecek bölümüne git_____, sonra da et bölümüne git_____.

B: Neler al_____?

A: Makarna, pirinç ve ekmek al_____. İçecek bölümünden çay ve kola al_____, et bölümünden de tavuk ve balık al_____.

B: Tamam, liste hazır. Haydi çık_____!
   (markette)

A: İçecek bölümü nerede?

B: İkinci katta sağda. Çık_____ mı?

A: Hayır, önce yiyecek bölümüne git_____, makarna al_____ sonra üst kata çık_____.

B: Tamam. İçecek bölümünden bira al_____ _____?

A: Gerek yok. Evde iki kutu biramız var. Ama unut_____! Tavuk ve balık al_____.

B: Onlar hangi bölümde?

A: Ben biliyorum. Beni takip et! İşte şurada.

C. Ne yapayım? Bana fikir ver! 我該做什麼？給我意見！

Sizin yanıtınız

1. Açım ama param yok. _____

2. Sınavım var. Geç kaldım. _____

3. Onu çok seviyorum. _____

4. Film çok kötü. _____

5. Çok kilo alıyorum. _____

6. Dişim ağrıyor. _____

7. Çok iyi Türkçe öğrenmek istiyorum. _____

A. Örnekteki gibi yapın. 請依照範例練習。

Örnek: Öğrenci_____ _____ İngiliz, _____ Alman.

Öğrencilerden biri İngiliz, diğeri Alman.

1. Aktör_____ _____ ünlü, _____ ünlü değil.
2. İki çocuğum var, çocuk_____ _____ kız, _____ erkek.
3. İki mevsimi seviyorum, mevsim_____ _____ ilkbahar, _____ kış.

B. Örnekteki gibi yapın. 請依照範例練習。

Örnek: Aşçı_____ _____ bana yemek tarifi veriyor.

Aşçıların biri bana yemek tarifi veriyor.

1. Öğrenci_____ _____ çok yaramaz.
2. Kız_____ _____ esmer, _____ sarışın.
3. Çocuk_____ _____ zeki, _____ aptal.

C. Örnekteki gibi yapın. 請依照範例練習。

Örnek: İnsan_____ _____ yalan söylüyor.

İnsanların hepsi yalan söylüyor.

1. Çocuk_____ _____ çok sevimli.
2. Öğretmen_____ _____ Türk.
3. Yabancı_____ _____ Türkçe öğrenmek istiyor.

insanların hepsi
↓
bütün insanlar
↓
tüm insanlar
_____
insanların tümü
↓
tüm insanlar
↓
bütün insanlar
_____
insanların bazıları
↓
bazı insanlar
_____
insanların hiçbiri
↓
hiçbir insan

D. Örnekteki gibi yapın. 請依照範例練習。

Örnek: Kitap_____ _____ faydalı.

Kitapların tümü faydalı.

1. Sandalye_____ _____ kırmızı.
2. Ev_____ _____ iki katlı.
3. Sorun_____ _____ beni buluyor.

E. Örnekteki gibi yapın. 請依照範例練習。

Örnek: Öğrenci_____ _____ ödev yapmıyor.

Öğrencilerin bazıları ödev yapmıyor.

1. Elma_____ _____ çürük.
2. Ülke_____ _____ çok fakir.
3. Bilgisayar_____ _____ bozuk.

F. Örnekteki gibi yapın. 請依照範例練習。

Örnek: Çocuk _____ _____ ağlamıyor.

Çocukların hiçbiri ağlamıyor.

1. Öğrenci_____ _____ Türk değil.
2. Otobüs_____ _____ eski değil.
3. Soru_____ _____ zor değil.

Bazı öğrenciler beni dinlemiyor!

✎ Notlarım 我的筆記

Bugün: _____ (gün), _____ (ay), _____ (yıl)

5 GİTTİK GEZDİK GÖRDÜK

A. Okuyun, soruları yanıtlayın. 請閱讀並回答問題。

Doktorda

A: Geçmiş olsun. Buyurun, oturun. Şikâyetiniz nedir?

B: Doktor Hanım. Birkaç gündür iştahım yoktu. Son günlerde başım dönüyordu, midem bulanıyordu. Bu sabah kalktım, kendimi hâlsiz hissediyorum. Neyim var?

A: Son günlerde farklı bir şey yediniz mi?

B: Hayır. Her zamanki şeyler.

A: Peki, sizi muayene edeyim. Ağzınızı açın, dilinizi uzatın, öksürün, nefes alın, nefes verin. Şuranız ağrıyor mu?

B: Hayır, ağrımıyor. Sadece başım dönüyor, midem bulanıyor.

A: Tamam. İdrar ve kan tahlili yaptırmanız gerek.

B: Sonuçları size mi getireyim?

A: Evet, bana getirin, görelim.

1. Hastanın nesi var? _____
2. Hasta son zamanlarda ne yedi? _____
3. Hastanın ağrısı var mı? _____
4. Hastanın ne yaptırması lazım? _____

B. Örnekteki gibi yapın. 請依照範例練習。

Örnek: Hastaydın, ne yaptın?   *Doktora gittim!*

1. Dün çok yorgundun, ne yaptın? _____
2. Dün çok sarhoştun, ne yaptın? _____
3. Dün seni gördüm. Nereye gidiyordun? _____
4. Filmde kadın koşuyordu. Sonra ne oldu? _____
5. Dünkü futbol maçı nasıl bitti? _____
6. Dün hava yağmurluydu. Bugün nasıl? _____

A. Dinleyin, yazın. 請聽音檔後填寫。 `MP3-63`

Zeren'in bir haftası

Pazartesi	
Salı	
Çarşamba	
Perşembe	
Cuma	
Cumartesi	
Pazar	

B. Sizin bir haftanız nasıl geçti? Hangi gün ne yaptınız?

Yazın. 您的一週過得如何？哪一天做了什麼事？請填寫。

Pazartesi	
Salı	
Çarşamba	
Perşembe	
Cuma	
Cumartesi	
Pazar	

C. Taipei eskiden nasıldı? Bugün nasıl?

台北過去是怎樣的？現在又是如何？

Eskiden;

1. *Metro yoktu.*
2. NCCU'nun yüzme havuzunun üstü açıktı.
3. _____
4. Hayvanat bahçesinde panda yoktu.
5. _____
6. İyi Türkçe konuşmuyordum.

Bugün;

Metro var.

_____

500 metreden yüksek ve 101 katlı bir bina var.

_____

Uğur Hoca çalışmıyor, emekli.

_____

A. Dinleyin, boşlukları tamamlayın. 請聆聽音檔並填空。 MP3-64

A: _____ kızı görüyor musun?

B: Hangi kızı?

A: Şu _____ kızı canım.

B: Köşede iki kız var. Kızın _____ mi, _____ mi?

A: Tabii ki kızın _____ kızdan bahsediyorum.
Şu mavi tişörtlü kız, onu tanıyor musun?

B: Hayır, tanımıyorum.

A: Eski apartmanımızda Hüseyin Bey vardı, onun kızı.
_____ Murat'la evlenmek istiyor.

B: Öyle mi? Hayırlı olsun!

B. Örnekteki gibi yapın.

請依照範例練習。

Örnek: Çocuk ağla_____ başladı.
Çocuk ağlamaya başladı.

1. Çok para kazan_____ karar verdim.
2. Gül_____ ihtiyacımız var.
3. Seninle tartış_____ hiç niyetim yok.
4. Alışveriş yap_____ gidiyorum.
5. Türkçe öğren_____ çalışıyorum.
6. Çocuklar oyna_____ başladılar.

C. Örnekteki gibi yapın.

請依照範例練習。

Örnek: Ona hediye al_____ planladım.
Ona hediye almayı planladım.

1. Araba kullan_____ kursta öğrendim.
2. O şarkı söyle_____ çok seviyor.
3. Bana doğruyu söyle_____ dene!
4. Buralardan git_____ düşünüyorum.
5. Onur resim yap_____ hiç sevmiyor.

D. Örnekteki gibi yapın.

請依照範例練習。

Örnek: Ne yap_____ korkuyorsun?
Ne yapmaktan korkuyorsun?

1. Ne yap_____ keyif alıyorsun?
2. Ne yap_____ çekiniyorsun?
3. Çok konuş_____ hoşlanıyorum.
4. Hata yap_____ korkmuyorum.
5. Konuş_____ hiç bıkmıyor.
6. Beni kızdır_____ zevk mi alıyorsun?

E. Örnekteki gibi yapın.

請依照範例練習。

Örnek: Bu konuda karar ver_____ çok zor.
Bu konuda karar vermek çok zor.

1. Sana inan_____ zorunda değilim.
2. Oraya git_____ istemiyorum.
3. Spor yap_____ sağlıklı ol_____ demektir.
4. Burada bekle_____ yasak!
5. Bana güven_____ zorundasın.
6. Yalan söyle_____ güzel değil.

F. Boşlukları aşağıdaki eklerle tamamlayın.

請用下列字尾填空。

-mesini / -menizden / -meni / -mem
-manı / -masından / -mene / -manıza
-meniz

1. Benim size yol göster_____ doğru olmaz.
2. Senin konuş_____ dinliyorum.
3. Onun burada bulun_____ rahatsızlık duyan var mı?
4. Ülkemizi ziyaret et_____ son derece memnunuz.
5. Senin üzül_____ dayanamam.
6. Sizin çalış_____ hayranım.
7. Beş dakika beni dinle_____ rica ediyorum.
8. Sizin Türkçeyi öğren_____ bizim için gurur verici.
9. O iki çift laf et_____ bilmez.

A. Okuyun, soruları yanıtlayın. 請閱讀並回答問題。

Ünlü besteci Yusuf Polat ile Röportaj

Gazeteci: Size birkaç soru sormak istiyorum.

Yusuf Polat: Tabii, buyurun.

Gazeteci: Boş zamanlarınızda ne yapmaktan hoşlanıyorsunuz?

Yusuf Polat: Boş zamanlarımda müzik dinlemekten ve film izlemekten hoşlanıyorum.

Gazeteci: Ne tür müzikler dinliyorsunuz?

Yusuf Polat: Ben daha çok klasik müzik dinliyorum ama güncel müzikleri de takip ediyorum.

Gazeteci: Sizce bugünlerdeki en popüler şarkıcı hangisi?

Yusuf Polat: Bence Teoman son günlerdeki en popüler şarkıcı. Onu dinlemekten zevk alıyorum. Özellikle İstanbul'da Sonbahar şarkısını çok seviyorum.

Gazeteci: Peki, müzik dinlemekten başka neler yapıyorsunuz?

Yusuf Polat: Stüdyodaki çalışmalar çok zamanımı alıyor.

Gazeteci: Spor yapıyor musunuz?

Yusuf Polat: Spor yapmak için zamanım yok. Sadece yürüyorum.

Gazeteci: Fobiniz var mı?

Yusuf Polat: Evet, karanlıktan korkuyorum. Eskiden fareden de korkuyordum, ama bugün artık bu korkumu yendim.

Gazeteci: Gelecek için planlarınız neler?

Yusuf Polat: Yeni bir albüm yapmayı düşünüyorum. Ayrıca evlenmek de istiyorum.

Gazeteci: Sohbet için teşekkür ederim.

Yusuf Polat: Ben de teşekkür ederim.

1. Yusuf Polat'ın hobileri neler? _____

2. Yusuf Polat'ın fobisi var mı? _____

3. Yusuf Polat, hangi şarkıcıyı beğeniyor? _____

4. Yusuf Polat'ın neden zamanı yok? _____

B. Doğru mu yanlış mı? 對或錯？

1. Yusuf Polat şarkıcıdır.   (   )

2. Yusuf Polat artık fareden korkmuyor.   (   )

3. Yusuf Polat çok meşgul.   (   )

4. Yusuf Polat klasik müzikten hoşlanmıyor.   (   )

5. Yusuf Polat gelecek ay evleniyor.   (   )

✨ Belirtme Durumu　受格

A. Örnekteki gibi yapın.

請依照範例練習。

Örnek: Ben bir kız tanıyorum.

　Kızı ben tanıyorum.

　Ben şu kızı tanıyorum.

1. Ali gazete okudu.

　_____

　_____

2. Annem bir kazak aldı.

　_____

　_____

3. Ben film seyrettim.

　_____

　_____

4. Kedi süt içti.

　_____

　_____

5. Hırsız banka soydu.

　_____

　_____

B. Örnekteki gibi yapın.

請依照範例練習。

Örnek: Ben annem_____ özlüyorum.

　Ben annemi özlüyorum.

1. Özür dilerim. Kitap_____ evde unuttum.
2. Şu mektup_____ postaneye at!
3. Bugün bizim ev_____ temizleyelim mi?
4. Ekmek_____ marketten sen al! Benim işim var.
5. Otobüs_____ yarım saattir bekliyoruz, gelmedi.
6. Şu kedi_____ görüyor musun? O benim kedim.
7. Ben onun aile_____ eskiden tanıyordum.
8. Sen benim okul_____ gördün mü?
9. Ben senin evinin adres_____ bilmiyorum.
10. Biz onun gelecek_____ düşünüyoruz.

C. Soruları yanıtlayın.　請回答問題。

1. En çok hangi rengi seviyorsun?
2. En çok hangi müziği dinliyorsun?
3. Hangi şarkıcıyı beğeniyorsun?
4. Hangi ülkeleri tanıyorsun?
5. Hangi dilleri biliyorsun?
6. Hangi yazarları okudun?
7. Hangi yerleri gezdin?

D. Sözcükleri uygun kutulara yazın.　請將詞語填入適當的欄位。

ayakkabı, müzik, masa, dil, şarkı, ev, gömlek, şiir, yazar, elbise, bahçe, araba, pantolon, sefa, bisiklet, çorap, anne, ruj, öğretmen, sokak, Fransızca, gelenek, çikolata

giymek	dinlemek	temizlemek	bilmek	sürmek
çorap	*şiir*	*ev*	*yazar*	*sefa*

ÜÇ ŞEY SÖYLEYİN! 請說出三件事！

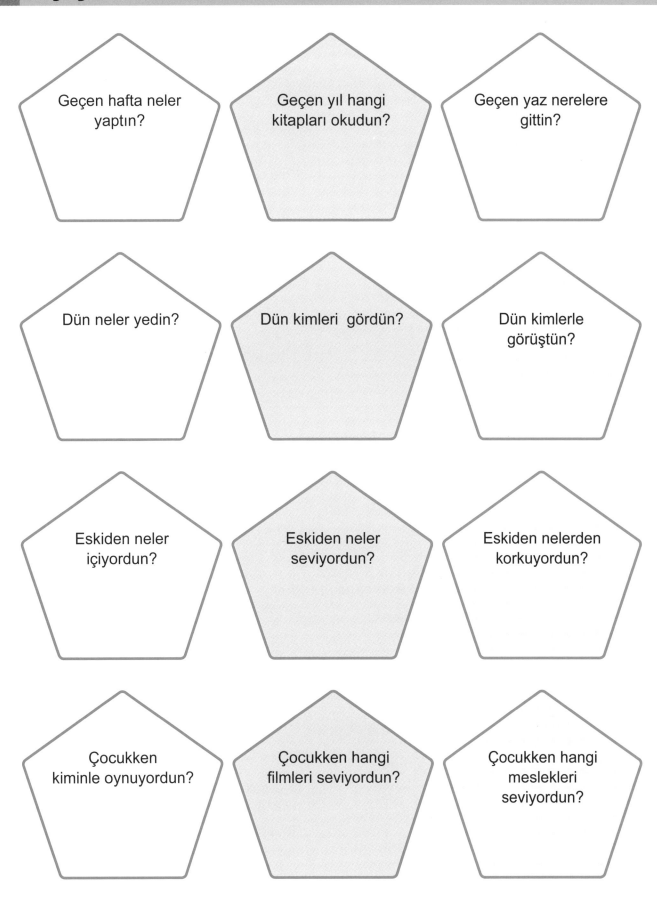

Geçen hafta neler yaptın?

Geçen yıl hangi kitapları okudun?

Geçen yaz nerelere gittin?

Dün neler yedin?

Dün kimleri gördün?

Dün kimlerle görüştün?

Eskiden neler içiyordun?

Eskiden neler seviyordun?

Eskiden nelerden korkuyordun?

Çocukken kiminle oynuyordun?

Çocukken hangi filmleri seviyordun?

Çocukken hangi meslekleri seviyordun?

A. Örnekteki gibi yapın.

請依照範例練習。

Örnek: Dün günlerden neydi?

Dün günlerden pazardı.

1. _____ ?

Evet, çok mutluydum.

2. _____ ?

Hayır, zor değildi.

3. _____ ?

Hayır, babam cimri değildi.

4. _____ ?

Evet, piknik güzeldi.

5. _____ ?

Sınıfta tüm öğrenciler vardı.

6. _____ ?

Evet, Ayşe hastanedeydi.

7. _____ ?

Türkiye'deydim.

8. _____ ?

Kantindeydik.

9. _____ ?

Hava bulutluydu.

C. Cümleleri belirli geçmiş zamana çevirin.

請將句子改寫成確實過去式。

Örnek: Ben sana inanıyorum.   Ben sana inandım.

1. Şimdi kitap okuyorum.   _____

2. Bu yıl mezun oluyorum.   _____

3. Mutfakta yemek pişiriyorum.   _____

4. Türkiye'den uçakla geliyorum.   _____

5. Telefon çalıyor. Bak!   _____

B. Örnekteki gibi yapın.

請依照範例練習。

Örnek: Türkiye'ye ne zaman geldiniz?

Üç ay önce geldim.

1. Ders ne zaman bitti?

_____

2. Üniversiteyi ne zaman bitirdin?

_____

3. Maçı ne zaman oynadınız?

_____

4. Bu kitabı ne zaman okudun?

_____

5. Arkadaşınla ne zaman tanıştın?

_____

6. Akşam yemeğini saat kaçta yedin?

_____

7. Dün gece saat kaçta uyudun?

_____

8. Tatile ne zaman gittin?

_____

9. Güneş saat kaçta doğdu?

_____

10. Ders saat kaçta başladı?

_____

11. Ödev yapmaya ne zaman başladın?

_____

D. Nerede yasak? 在哪裡是禁止的？

Sigara içmek yasak!   **Hastanede.**

1. Koşmak yasak!   _____

2. Köpekle girmek yasak!   _____

3. Çimlere basmak yasak!   _____

4. Girmek yasak!   _____

5. Yemek ve içmek yasak!   _____

6. Uyumak yasak!   _____

7. Park etmek yasak!   _____

8. Sola dönüş yasak!   _____

9. Bonesiz girmek yasak!   _____

Notlarım 我的筆記

Bugün: _____ (gün), _____ (ay), _____ (yıl)

HAYDİ TATİLE

A. Örnekteki gibi yapın.
請依照範例練習。

Örnek: parka git- / top oyna-
Parka gideceğim ve top
oynayacağım.

1. eve git- / dinlen-
_____

2. çay demle- / iç-
_____

3. telefon et- / konuş-
_____

4. alışverişe çık- / ayakkabı al-
_____

5. Türkiye'ye git- / tatil yap-
_____

B. Örnekteki gibi yapın.
請依照範例練習。

Örnek: Acıktım. Yemek ye_____
Acıktım. Yemek yiyeceğim.

1. Çok yorgunum. Uyu_____
2. Sınavım var. Çalış_____
3. Hastayım. Doktora git_____
4. Seviyorum. Onunla evlen_____
5. Çok kızdım. Onunla konuş_____
6. Şişmanladım. Kilo ver_____
7. Delirdim. Aklımı kaçır_____
8. Param yok, ama kazan_____

C. Örnekteki gibi yapın.
請依照範例練習。

Örnek: Ben kahve sevmiyorum, iç_____
Ben kahve sevmiyorum,
içmeyeceğim.

1. Rock müzik sevmiyorum. Dinle_____
2. Alışverişi sevmiyor. Alışveriş yap_____
3. Babam bana kızdı. Harçlık ver_____
4. Zamanım yok. Seninle gel_____
5. Seni asla bırak_____
6. Bir daha seninle görüş_____

D. Örnekteki gibi yapın.
請依照範例練習。

Örnek: Sen bugün ders çalışacak mısın?
Evet, çalışacağım.

1. Ayşe, derse gel_____ _____?
_____

2. Yarın yağmur yağ_____ _____?
_____

3. Hava soğuk. Mont giy_____ _____?
_____

4. Bana yardım et_____ _____?
_____

E. Okuyun, yazın. 請閱讀並造句。

Kendi kendime söz verdim. Bundan sonra;

(Yapacaklarım)
1. *Erken kalkacağım.*
2. *Her sabah yarım saat spor yapacağım.*
3. _____
4. _____
5. _____
6. _____

(Yapmayacaklarım)
1. *Yalan söylemeyeceğim.*
2. *Yağlı yiyecekler yemeyeceğim.*
3. _____
4. _____
5. _____
6. _____

A. Okuyun, soruları yanıtlayın. 請閱讀並回答問題。

Yakın Planlarım

Adım Efe. Tayvanlıyım ve 3 yıl önce Türkçe bölümünden mezun oldum. Türkçe adımı çok seviyorum, çünkü bu adı bana Vildan Hocam verdi. Ben gezmeyi çok seviyorum. Bugüne kadar çok yer gezmedim. Aslında evimden uzaklaşmaktan biraz korkuyorum. Ama bundan sonra çok yere gitmek ve çok yeri görmek istiyorum. Gelecekteki en yakın tatil için şimdiden plan yapmaya başladım bile. Tabii burada en önemli şey para. Bu nedenle daha az para harcayacağım ve para biriktireceğim. Fotoğraf makinem çok iyi değil. Kendime yeni bir fotoğraf makinesi alacağım. Tabii yeni birkaç şort ve tişört de lazım olacak. Şimdi işin en zor kısmındayım. Nereye gideceğim? Kiminle gideceğim? Benimle gelmesi için kimi davet edeceğim? Orada ne kadar kalacağım? Pansiyonda mı, otelde mi ya da çadırda mı kalacağım? Yurt dışı mı yurt içi mi? Hangi mevsim daha iyi? Kışın mı? Yazın mı? Of! Plan yapmak ne kadar zor!

1. Efe, tatil yapmaktan niçin korkuyor? _____
2. Efe, para konusunda neler yapacak? _____
3. Efe, tatile çıkmadan önce neler alacak? _____

B. Efe'ye yardım edin ve sorularını yanıtlayın!

請幫助 Efe 並回答他的疑問。

1. Nereye gideceğim? _____
2. Kiminle gideceğim? _____
3. Kimi davet edeceğim? _____
4. Tatilde ne kadar kalacağım? _____
5. Nerede kalacağım? _____
6. Yurt içi mi, yurt dışı mı? _____
7. Hangi mevsim daha iyi? Neden? _____
8. Gitmek için ne kadar para lazım? _____

A. Eşleştirin.　請配對

1. *Hastayken*　　　　　　　　bol bol temiz hava alıyoruz.
2. Ormandayken　　　　　　　daha az para harcıyordum.
3. Metrodayken　　　　　　　yüksek sesle konuşma!
4. Sinemadayken　　　　　　 tanıştık.
5. Bir işim yokken　　　　　 bir şey yemek, içmek yasaktır.
6. Onunla lisedeyken　　　　 hem çalışıyor hem de okuyordu.
7. O, 19 yaşındayken　　　　 *kendimi kötü hissediyorum.*

B. Okuyun, yazın, canlandırın.　請閱讀、編寫對話並扮演。

Tatil Planı

Ümran 22 yaşında. Yüzmeyi çok seviyor. Haftada üç gün üniversitenin yüzme havuzunda yüzüyor. Ama tatilde denizde yüzmek istiyor. Denizde yüzmek havuzda yüzmekten daha zevkli.

Gönül 22 yaşında. O da yüzmeyi çok iyi biliyor, ama denizi pek sevmiyor. O üniversitenin dağcılık kulübüne üye. Sık sık dağlara çıkıyor. Tatilde de dağa gitmek istiyor. Orman ve temiz hava onun için bir tutku.

　　Ümran ile Gönül üniversitede öğrenci. Onlar aynı evde kalıyorlar, aynı bölümde okuyorlar, aynı restoranda yemek yiyorlar ve akşamları televizyonda aynı programları izliyorlar. İkisi de basketbol oynuyor, ikisi de Türkçe öğrenmeyi çok seviyor. Ama tatil konusunda ikisi de birbirinden farklı düşünüyor. Bu tatilde Ümran, deniz kenarına gitmek istiyor, Gönül ise dağa çıkmak istiyor. Aralarında şöyle bir diyalog geçiyor.

Ümran: _____
Gönül: _____
Ümran: _____
Gönül: _____
Ümran: _____
Gönül: _____
Ümran: _____
Gönül: _____
Ümran: _____
Gönül: _____

A. Ne söyleyeceksin? Eşleştir.

你要說什麼？請配對。

1. *Arkadaşın hızlı konuşuyor. Anlamıyorsun.*
2. Arkadaşına soru sormak istiyorsun.
3. Arkadaşın seni davet ediyor, gideceksin.
4. Arkadaşın seni davet ediyor, gitmeyeceksin.
5. Arkadaşının doğum günü.
6. Arkadaşın evleniyor.
7. Arkadaşın tatile gidiyor.
8. Arkadaşın hasta.
9. Arkadaşına telefon et! Bugün bayram.
10. Arkadaşın senin için yemek yaptı.
11. Arkadaşından yardım isteyeceksin.
12. Arkadaşınla içki içiyorsun.

A. Doğum günün kutlu olsun.
B. Eline sağlık
C. *Lütfen yavaş konuş!*
D. Şerefe!
E. Sana bir şey sormak istiyorum.
F. Mutluluklar dilerim.
G. Bayramın kutlu olsun!
H. Lütfen bana yardım et!
I. Seve seve geleceğim.
İ. İyi yolculuklar.
J. Üzgünüm, ama yarın dersim var.
K. Geçmiş olsun!

B. Örnekteki gibi yapın. 請依照範例練習。

Örnek: (güçlü)

> *Örümcek adam güçlü.*
> *Yarasa adam, örümcek adamdan daha güçlü.*
> *Hulk, örümcek adam kadar güçlü.*
> *Süpermen en güçlü.*

1. (yakışıklı)

_____
_____
_____

2. (zor)

_____
_____
_____

3. (kalabalık)

_____
_____
_____

C. Okuyun, yazın.

請閱讀並造句。

Dünyanın enleri nerede?

Dünyanın;
en hızlı bilgisayarı Amerika'da.
en tehlikeli kertenkelesi Meksika'da.
en zehirli kurbağası Kolombiya'da.
en kısa köpeği Amerika'da, adı Pearl.
en büyük mağarası Viyetnam'da.
en küçük adamı Nepal'de.
en uzun adamı Türkiye'de, adı Sultan.

_____
_____
_____
_____
_____

A. Soruları yanıtlayın. 請回答問題。

1. Bu akşam sinemaya gidecek misiniz?

_____

2. Türkiye'ye ne zaman döneceksiniz?

_____

3. Bugün öğleden sonra ne yapacaksınız?

_____

4. Hafta sonunda alışverişe çıkacak mısınız?

_____

5. Çay içecek misiniz?

_____

6. Yemek yiyecek misin?

_____

7. Bizimle sinemaya gelecek misiniz?

_____

8. Bu yaz tatile çıkacak mısınız?

_____

9. Kurs ne zaman bitecek?

_____

10. Okullar iki hafta sonra mı kapanacak?

_____

11. Film saat kaçta başlayacak?

_____

12. Öğleden sonra kütüphaneye gidecek misin?

_____

13. Yarın saat kaçta kalkacaksın?

_____

14. Hafta sonu pikniğe gidecek miyiz?

_____

15. Yemekten sonra ne yapacaksınız?

_____

B. Örnekteki gibi yapın. 請依照範例練習。

Örnek: gibi

　　　　a. Kurt gibi açım.

　　　　b. Çocuk gibi davranıyorsun.

1. kadar
   a. _____
   b. _____
2. -den daha
   a. _____
   b. _____

3. hem... hem...
   a. _____
   b. _____
4. ne... ne...
   a. _____
   b. _____

C. Okuyun, yazın.

請閱讀並寫作。

Bu hikâye nasıl bitecek?

　　Sabah kalktım. Banyo yapacaktım, ama sıcak su akmıyordu. Soğuk suyla yıkandım. Sonra mutfağa gittim. Kahvaltı yapacaktım, saate baktım, sekiz. Geç kaldım. Hemen evden çıktım. Taksiye binecektim, cüzdanım yok. Tekrar eve döndüm. Evden cüzdanımı alacaktım, anahtarım yok, evde unuttum. Ofise kadar yürüyerek gittim. Kırk beş dakika sürdü. Ofisin kapısından girecektim, ama kapı kapalıydı. Kapının zilini çaldım, kimse yok. Arkadaşıma telefon edecektim, ama telefonun şarjı yok...

_____

_____

_____

_____

_____

_____

_____

Çıkacak mıydınız?

A. Gelecek zamana çevirin.

請改寫成未來式。

Örnek: Bugün hava çok güzel.
Yarın hava güzel olacak.

1. Şimdi okuldayım.

2. Benim bir evim var.

3. Ben hastayım.

4. 25 yaşındayım.

5. Bir çocuğum var.

6. Sorular zor değil.

7. Saat dokuz.

B. Örnekteki gibi yapın.

請依照範例練習。

Örnek: Fransa'ya gideceğim.
Gidecektim ama bilet bulamadım.

1. Ayşe'yle evleneceğim.

2. Yeni bir ayakkabı alacağım.

3. Hafta sonu dinleneceğim.

4. Sana yardım edeceğim.

5. Arkadaşıma hediye alacağım.

6. Arabamı tamire götüreceğim.

7. Zengin olacağım.

C. Örnekteki gibi yapın. 請依照範例練習。

Örnek: Yarın erken kalkacak mısın?
Hayır, erken kalkmayacağım.

1. _____ ?　Evet, doktora gideceğim.
2. _____ ?　Hayır, yemeyeceğim. Aç değilim.
3. _____ ?　Hayır, asla affetmeyeceğim. Beni üzdü.
4. _____ ?　Evet, evleneceğiz. Onu seviyorum.
5. _____ ?　Hayır, bu yıl tatil yapmayacağız.
6. _____ ?　Evet, size ödev vereceğim.
7. _____ ?　Evet, onu arayacağım.

D. Eşleştirin. 請配對。

Tüy gibi hafif

Demir gibi ağır

Kar gibi beyaz

Kan gibi kırmızı

Bal gibi tatlı

Zehir gibi acı

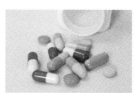

A. Okuyun, boşlukları tamamlayın, soruları yanıtlayın.

請閱讀、填空並回答問題。

Tiyatro Yönetmeni

> en / -dan daha / hem... hem... / için
> -mamak için / -dıktan sonra / -a kadar / daha

Ben bir tiyatro yönetmeniyim. _____ tiyatroyu _____ sinemayı seviyorum. Ama tiyatroyu sinema_____ _____ çok seviyorum. Çünkü tiyatro toplumun aynasıdır ve toplumun sorunlarını, toplumun heyecanını, toplumun sevinçlerini, toplumun öfkesini _____ iyi tiyatro anlatıyor. Seyirci mesajları yüz yüze _____ çabuk alıyor ve etkileşim çok çabuk yaşanıyor.

Her sabah duşumu al_____ _____ kahvaltımı yapıyorum, programımı aksat_____ _____ çok çabuk işime gidiyorum. Bir çay içiyorum ve hemen görevime başlıyorum. İş dönüşü çok yorgun oluyorum. Gece geç saatler_____ _____ da evimde çalışıyorum. İşim benim _____ çok önemlidir. İşimi seviyorum.

1. Yönetmen, sinemayı mı tiyatroyu mu seviyor? _____
2. Yönetmen, duş aldıktan sonra neler yapıyor? _____
3. Yönetmen, eve nasıl dönüyor? _____

B. Doğru seçeneği işaretleyin. 請標示出正確選項。

1. Ben gelecek hafta tatile _____ ama müdürüm izin vermedi.
   a. çıkacaktım   b. çıkacağım   c. çıktım   d. çıkmadım

2. _____ İnglizce _____ Fransızca biliyorum. Ben sadece Türkçe konuşuyorum.
   a. hem / hem   b. belki / belki   c. ister / ister   d. ne / ne

3. Ben çocukken her gece süt _____. Ama şimdi sütten nefret ediyorum.
   a. içiyorum   b. içmedim   c. içiyordum   d. içecektim

4. Yıllar önce seninle bu gölde balık _____. Ne güzel günlerdi o günler.
   a. tutuyorduk   b. tutuyordun   c. tutacaktım   d. tutuyorum

5. Hava bugün çok kötü. Galiba yarın hem yağmur _____ hem soğuk

   a. yağdı / oldu   b. yağacak / olacak   c. yağıyordu / oluyordu   d. yağacak / oluyor

Notlarım 我的筆記

Bugün: _____ (gün), _____ (ay), _____ (yıl)

NOT

ÇALIŞMA KİTABI İÇİN CEVAP ANAHTARI
練習本解答

1 Merhaba

s.132

A.

1. Senin adın ne?
   Nasılsın?
   Menun oldum.
   Hoşça kal.
2. Sende ne var ne yok?
   Nereye?
   Eve.
   Güle güle.

B.

Karl - İyiyim. - Güle güle. - Ben de.

C.

A: Merhaba, benim adım Can, senin adın ne?
B: Benim adım Murat.
A: Nasılsın, Murat?
B: Teşekkür ederim, iyiyim. Ya sen?
A: Ben de iyiyim. Tanıştığımıza memnun oldum.
B: Ben de memnun oldum.
A: Hoşça kal.
B: Güle güle.

D.

Merhaba benim adım Leyla. Ben Türküm. Sizin adınız ne? Nasılsınız? Memnun oldum. Ben de memnun oldum. Hoşça kalın. Güle güle. Görüşürüz.

s.133

A.

ince - kalın - ince - ince - ince

B.

kitap - balık - okul - üzüm - perde -
Kayseri - Adana - Ordu - İzmir - Sinop

C.

İstanbul - Paris - New York - Tokyo - Sidney

D.

radyo / göz / pil / resim

s.134

A.

1. altmış dokuz	2. yüz on altı
3. beş yüz sekiz	4. bin iki yüz
5. bin dokuz yüz doksan beş	6. iki bin on dört

B.

1. Yüz elli beş polis
2. Yüz elli altı jandarma
3. Yüz on itfaiye

C.

1. Yirmi üç nisan bin dokuz yüz yirmi
2. Bir eylül bin dokuz yüz
3. Altı haziran iki bin on iki
4. On beş ocak bin dokuz yüz elli altı
5. On altı ağustos bin dokuz yüz altmış sekiz

D.

1. Yirmi dokuz otuz dokuz yirmi yedi kırk iki
2. sıfır sıfır doksan üç yüz on iki dört yüz otuz dört yirmi dokuz doksan iki
3. dört yüz kırk dört sıfır dört yüz kırk dört

E.

1. Beş artı beş eşittir on.
2. Üç çarpı iki eşittir altı.
3. On eksi beş eşittir beş.
4. Yirmi bölü iki eşittir on.

F.

1. üçüncü sınıf
2. sekizinci ay
3. altıncı hafta
4. beşinci soru

s.135

A.

(yukarıdan aşağıya, soldan sağa)
Burası neresi? Burası İstanbul. / Bu ne? Bu bilgisayar. / O kim? O asker. / Bu ne? Bu gözlük. / Orası neresi? Orası park. / Onlar kim? Onlar öğrenci. / Şu ne? O ördek. / Bu ne? Bu süt. / Bu ne? Bu kalem kutusu. / O kim? O doktor. / Bunlar ne? Bunlar ekmek. / O kim? O sekreter. / Orası neresi? Orası Seul. / O ne? O portakal. / O kim? O hemşire.

s.136

A.

1. mı / bu bıçak. / bu bıçak değil.
2. mı / bu bilgisayar. / bu bilgisayar değil.
3. mi / bu kalem. / bu kalem değil.
4. mu / o telefon. / o telefon değil.
5. mu / o televizyon. / o televizyon değil.

B.

1. mi / o sekreter. / o sekreter değil.
2. mu / bu pilot. / bu pilot değil.
3. mü / bu müdür. / o müdür değil.

C.

1. mi / burası tuvalet. / burası tuvalet değil.
2. mi / orası belediye. / orası belediye değil.
3. mu / orası karakol. / orası karakol değil.

4. mu / orası metro. / orası metro değil.

5. mı / orası restoran. / orası restoran değil.

D.

1. mu / bu Yusuf. / bu Yusuf değil.

2. mü / o Özgür. / o Özgür değil.

3. mi / o Kobi. / o Kobi değil.

s.137

A.

1. Kuşlar ağaçlarda, dağlarda, ormanlarda ve çatılarda.

2. Kuşlar kırmızı, sarı, mavi, yeşil, kahverengi, gri veya siyah renkte.

B.

1. Televizyon salonda.   2. Araba garajda.

3. Para cüzdanda.   4. Sadalye şurada.

5. Park orada.   6. Sinema burada.

7. Market sokakta.

C.

1. Anahtar bekçide.   2. Şuç sende.

3. Akıl onda.   4. Şans bizde.

D.

1. -te mi / telefon cepte. / telefon cepte değil.

2. -ta mı / köpek sokakta. / köpek sokakta değil.

3. -ta mı / çocuk yatakta. / çocuk yatakta değil.

4. -te mi / müdür ofiste. / müdür ofiste değil.

s.138

A.

1. Hayır, evde çikolata yok.

2. Hayır, evde bisküvi yok.

3. Hayır, evde kola yok.

4. Evde hiçbir şey yok.

B.

1. Şengül Yeni Zelanda'dan geliyor.

2. Avustralya'da kanguru ve koala var.

3. Koyunlar Yeni Zelanda'da.

4. Yeni Zelanda'da dört milyon insan var.

C.

1. Cepte para var.

2. Çantada kitap, kalem kutusu ve cüzdan var.

3. Evde anne, baba ve dede var.

4. Parkta çocuklar ve yaşlılar var.

5. Markette meyveler ve sebzeler var.

6. Masada kalem, kitap ve cep telefonu var.

7. Ormanda çeşitli hayvanlar ve ağaçlar var.

8. Bende hiçbir şey yok.

9. Bizde misafirler var.

D.

1. evde televizyon var. / evde televizyon yok.

2. televizyonda film var. / televizyonda film yok.

3. filmde Brad Pitt var. / filmde Brad Pitt yok.

4. Brad Pitt'te tabanca var. / Brad Pitt'te tabanca yok.

5. tabancada kurşun var. / tabancada kurşun yok.

6. bahçede ağaç var. / bahçede ağaç yok.

2 Türkçe Konuşuyorum

s.140

A.

1. Annesi Umut'a çanta, kalem, defter ve kitap alıyor.

2. Çünkü Umut oyuncakları çok seviyor ve evde oyuncaklarıyla oynamak istiyor.

3. Umut'un bütün arkadaşları okula gidiyorlar.

4. O resimli kitaplar getiriyor.

5. Umut altı yaşında.

B.

D - D - Y - D - D

C.

1. d   2. g   3. f   4. c

5. b   6. a   7. e

s.141

A.

1. Bebek mama yemiyor.

2. Ben Çince bilmiyorum.

3. Sen kahve sevmiyorsun.

4. Caner telefon etmiyor.

5. Çocuklar bahçede oynamıyor.

B.

1. Sen kitap okuyor musun?

2. O sinemaya gidiyor mu?

3. Anne yemek pişiriyor mu?

4. Öğrenciler derste sıkılıyorlar mı?

5. Biz çok konuşuyor muyuz?

C.

2. Hiç   3. Her akşam   4. Her sabah

5. Her gün   6. Her ay   7. Hiçbir şey

8. Her yıl   9. Hiç   10. Her yer

D.

1. Nereden geliyor

2. Nereye gidiyor

3. Neye biniyorsunuz

4. Nerede ders çalışıyorsun

5. Nerede makarna yiyorsunuz

6. Ne yapıyorsun

E.

1. anlıyor musun / Türkçe anlıyorum. / Türkçe anlamıyorum.
2. seviyor mu / çay seviyor. / çay sevmiyor.
3. yapıyor musunuz / kahvaltı yapıyoruz. / kahvaltı yapmıyoruz.
4. kullanıyorlar mı / bilgisayar kullanıyorlar. / bilgisayar kullanmıyorlar.

s.142

A.

1. Veysel İstanbul'da yaşıyor.
2. Evet, o evli.
3. O bir okulda öğretmen.
4. Veysel esmer, kahverengi gözlü, biraz şişman, orta boylu ve biraz düzensiz.
5. Hayır, Damla Türkçe öğretiyor.
6. Hayır, Damla şişman değil, zayıf.
7. Hayır, Damla uzun boylu değil, kısa boylu.

C.

1. Tayvanlıyım.
2. Teşekkür ederim, iyiyim.
3. Hayır, biz Türk değiliz. (Hayır, ben Türk değilim.)
4. Hayır, evli değilim.
5. Evet, öğrenciyim.
6. Hayır, yorgun değilim.
7. Kütüphanedeyim.
8. Evet, hastayım.
9. Hayır, iyi değilim.
10. Yirmi yaşındayım.

D.

Uzun saçlıyım. Siyah gözlüyüm, uzun boyluyum. / Sarı saçlıyım, yeşil gözlüyüm ve orta boyluyum.

s.143

A.

1. Sandviç yemek istiyorum.
2. Kahve içmek istiyorum.
3. Yürüyüş yapmak istiyorum.
4. Roman okumak istiyorum.
5. Klasik müzik dinlemek istiyorum.
6. Film seyretmek istiyorum.
7. Çanta almak istiyorum.
8. Türkçe konuşmak istiyorum.
9. Satranç öğrenmek istiyorum.
10. Sırrını bilmek istiyorum.
11. Issız bir adada yaşamak istiyorum.
12. Ahmet'le dans etmek istiyorum.

B.

1. Nereye gitmek istiyorsun
2. Ne yapmak istiyorsun
3. Nereye gitmek istiyorsun
4. Ne yapmak istiyorsun
5. Ne yapmak istiyorsun
6. Ne yapmak istiyorsun
7. Ne yapmak istiyorsun
8. Ne içmek istiyorsun
9. Ne öğrenmek istiyorsun
10. Ne yapmak istiyorsun

C.

1. Kitap okumak istiyorum ama gazete okumak istemiyorum.
2. Ali kahve içmek istiyor ama süt içmek istemiyor.
3. Biz film seyretmek istiyoruz ama müzik dinlemek istemiyoruz.
4. Ben şimdi dinlenmek istiyorum, çalışmak istemiyorum.
5. Onlar basketbol oynamak istiyorlar, tenis oynamak istemiyorlar.
6. Ayşe kedi seviyor ama köpek sevmiyor.
7. Ben gitar çalmak istiyorum ama keman çalmak istemiyorum.
8. Çalışmak istiyorum, tembellik yapmak istemiyorum.
9. Sen mektup yazmak istiyorsun ama telefon etmek istemiyorsun.
10. Onlar yürümek istiyorlar, koşmak istemiyorlar.

D.

1. burada beklemek istiyorum. / burada beklemek istemiyorum.
2. uyumak istiyor. / uyumak istemiyor.
3. dinlenmek istiyorlar. / dinlenmek istemiyorlar.
4. evlenmek istiyoruz. / evlenmek istemiyoruz.
5. zengin olmak istiyorum. / zengin olmak istemiyorum.

s.144

A.

-ya, -de, -e, -dan, -e, -e, -da, -da
1. Film akşam saat yedide başlıyor.
2. Saat altıda buluşuyorlar.
3. Önce alışveriş yapmak sonra sinemaya gitmek istiyorlar.
4. Ana kapıda buluşuyorlar.
5. Şimdi saat iki.

B.

1. -ta	2. -ta	3. -da
4. -de	5. -ta	6. -da
7. -de		

C.

1. -dan   2. -dan   3. -ten
4. -ten   5. -den   6. -ndan

D.

Karanlıktan korkuyorum. / Dişçiden korkuyorum. / Korku filminden korkuyorum. / Savaştan korkuyorum.

s.145

A.

2. otobüse   3. istasyona   4. eve
5. pantolona   6. restorana   7. dolmuşa
8. masaya   9. deftere   10. turistlere

B.

Kadın uzağa bakıyor. / Kadın çocuğa bakıyor. / Kadın denize bakıyor.

C.

1. -dan, -ye   2. -tan, sokağa   3. -dan, -e
4. -dan, -ye   5. -den, -ya   6. -den, -e

D.

-ta, -da, -a, -a, mutfağa, -a, -a, -ten, -den, -a, -ta, -dan

s.146

A.

-nde, -tan, -a, -da, -ten, -ye, -da, -a, -da, -te, -te, -ye
1. Sezgi Türkçe bölümünde okuyor.
2. O çok çalışkan bir öğrenci.
3. Kütüphanede ders çalışıyor.
4. Sezgi için Türkçe öğrenmek çok zevkli.

B.

1. Öğretmen öğrencilere bakıyor.
2. Öğretmen tahtaya bakıyor.
3. Polis vatandaşa yardım ediyor.
4. Ben Ayşe'ye telefon ediyorum.
5. Anne bebeğe süt veriyor.
6. Öğrenciler servise biniyorlar.
7. Tatilde Japonya'ya gidiyorum.
8. Bardağa çay koyuyorum.
9. Parayı çekmeceye koyuyorum.

C.

1. Ben sınıftan çıkıyorum ve kütüphaneye gidiyorum. Kütüphanede ders çalışıyorum.
2. Ben ofisten çıkıyorum ve süpermarkete gidiyorum. Süpermarkette alışveriş yapıyorum.
3. Tayvan'dan Türkiye'ye gidiyorum. Türkiye'de tatil yapıyorum.
4. Yurttan çıkıyorum ve havuza gidiyorum. Havuzda yüzüyorum.

5. Sinemadan çıkıyoruz ve lokantaya gidiyoruz. Lokantada yemek yiyoruz.

3 Benim Ailem

s.148

A.

-im, -ım, -im, -m, -im, -m, -ım, -ım, yatağım, -im, -ım, -im, -ım, -um, -im, -ın, -i, -in, -nız

s.149

A.

1. -im, -ım   2. -im, -im   3. -im, -m
4. -im, -um   5. -in, -n   6. -in, -in
7. -in, -in   8. -in, -in   9. -nun, -sı
10. -nun, -i   11. -nun, -i   12. -nun, -sı
13. -im, -ımız   14. -im, -ımız   15. -im, kitabımız
16. -im, sokağımız   17. -in, -iniz
18. -in, -unuz   19. -in, -iniz   20. -in, -ınız
21. -ın, -leri   22. -ın, -leri   23. -ın, -leri
24. -ın, -leri

B.

1. -in, -n; -im, -m; -im, -m
2. -in, kitabın; -im, kitabım; -im, kitabım
3. -im, -ımız; -in, -ınız
4. -in, -in; -im, -im; -im, -im
5. -nun, -sı; -nun, -sı
6. -in, -niz; -im, -m
7. -in, -in; -im, -im
8. -in, -n; -im, -m
9. -in, -n; -im, -m
10. -in, -n; -im, -m; -im, -m

C.

1. tavşan   2. eşek   3. aslan
4. balık   5. kelebek   6. zürafa
7. fil   8. arı   9. penguen
10. kanguru   11. kartal

s.150

A.

1. Uyumadan önce kitap okuyorum.
2. Uyandıktan sonra kahvaltı yapıyorum.
3. Yattıktan sonra rüya görüyorum.
4. Yemek yedikten sonra hesap ödüyoruz.
5. Çalıştıktan sonra para kazanıyorum.

B.

1. Salıdan sonra çarşamba

2. 2024'ten sonra 2025

3. Şubattan sonra mart

4. Bugünden sonra yarın

5. Yağmurdan sonra güneş

C.

1. Eve gittikten sonra televizyon seyrediyorum.

2. Bilet aldıktan sonra otobüse biniyoruz.

3. Teneffüse çıktıktan sonra kahve içiyorum.

4. Gittikten sonra gelmiyorum.

5. Yazdıktan sonra siliyorum.

D.

1. -'a kadar	2. -a kadar	3. -e kadar
4. -a kadar	5. -e kadar	

s.151

A.

1. -la	2. -le	3. -la
4. -la	5. -yle	6. -la
7. -yle		

B.

1. -iyle	2. -ımla	3. -imizle
4. -sıyla	5. -imle	6. -unuzla
7. -sıyla		

C.

1. Ben yeni öğretmenle tanışıyorum.

2. Ablamla buluşuyorum.

3. Annemle öpüşüyorum.

4. Uğur Bey'le selamlaşıyorum.

5. Sınıf arkadaşımla ders çalışıyorum.

6. Erkek arkadaşımla dans ediyorum.

D.

1. jiletle	2. kaşıkla	3. gözlükle
4. kalemle	5. telefonla	6. fincanla
7. Toto'yla	8. tencereyle	9. şampuanla
10. fırçayla	11. bilgisayarla	12. otobüsle
13. süpürgeyle		

s.152

A.

1. Onur sabah saat yedide kalkıyor.

2. Onun dersi saat sekizi on geçe başlıyor.

3. Onur gitar kursuna saat birde gidiyor.

4. Okuldan eve otobüsle on beş dakika sürüyor.

B.

1. Y   2. Y   3. D   4. D

C.

12.00	Saat on iki.
12.15	Saat on ikiyi çeyrek geçiyor.
12.20	Saat on ikiyi yirmi geçiyor.
12.30	Saat yarım.
12.50	Saat bire on var.
16.40	Saat beşe yirmi var.
21.10	Saat dokuzu on geçiyor.
07.35	Saat sekize yirmi beş var.
19.30	Saat yedi buçuk.
15.15	Saat üçü çeyrek geçiyor.

D.

12.00	Saat on ikide ders bitiyor.
12.15	Otobüs saat on ikiyi çeyrek geçe kalkıyor.
12.20	Saat on ikiyi yirmi geçe yemek yiyorum.
12.30	Toplantı saat yarımda başlıyor.
12.50	Uçak saat bire on kala İstanbul'a varıyor.
08.20	Sınav saat sekizi yirmi geçe başlıyor.
11.35	Saat on ikiye yirmi beş kala kafede buluşuyoruz.
24.00	Gece saat on ikide yatıyorum.
16.50	Ders saat beşe on kala bitiyor.
10.00	Saat onda otobüs kalkıyor.

s.153

A.

1. a. Düzenli spor yapıyorum.

   b. Sağlıklı besleniyorum.

   c. Her gün yedi saat uyuyorum.

2. a. Bol bol pratik yapıyorum.

   b. Türkçe şarkı dinliyorum.

   c. Türk arkadaşımla sohbet ediyorum.

3. a. Taze sebze ve et lazım.

   b. Ocak ve tencere lazım.

   c. Tuz ve çeşitli baharatlar lazım.

4. a. Bisiklet kullanıyorum.

   b. Araba kullanıyorum.

   c. Otobüse biniyorum.

5. a. Az yemek lazım.

   b. Spor yapmak lazım.

   c. Düzenli uyumak lazım.

6. a. Düzenli çalışmak lazım.

   b. Para biriktirmek lazım.

   c. Akıllıca yatırım yapmak lazım.

7. a. İnsanlara yardım etmek lazım.

   b. Çevreyi kirletmemek lazım.

   c. Ağaç dikmek lazım.

B.

1. a. Türkçe öğreniyorum çünkü Türkiye'ye gitmek istiyorum.

   b. Diplomat olmak istiyorum. Bunun için Türkçe öğreniyorum.

   c. Türk arkadaşımla sohbet etmek istiyorum. Bu nedenle Türkçe öğreniyorum.

2. a. Aç değilim. Bu nedenle yemek yemiyorum.
   b. Yemek yemiyorum çünkü fazla zamanım yok.
   c. Yemek sıcak değil, bu nedenle yemek yemiyorum.
3. a. Türkçeyi iyi bilmiyorum. Bunun için konuşmuyorum.
   b. Ona çok kızıyorum. Bu nedenle konuşmuyorum.
   c. Konuşmuyorum çünkü herhangi bir sorum yok.
4. a. Benim fazla param yok. Bu nedenle tatile gitmiyorum.
   b. Tatile gitmiyorum çünkü çok önemli bir sınava giriyorum.
   c. Yurt dışından arkadaşım geliyor. Bunun için tatile gitmiyorum.
5. a. Para kazanmak için çalışıyorum.
   b. Çalışıyorum çünkü ailemi geçindirmek lazım.
   c. Zengin olmak istiyorum. Bunun için çalışıyorum.
6. a. Evleniyorum çünkü bir aile kurmak istiyorum.
   b. Sevgilimle çok iyi anlaşıyoruz. Bu nedenle evleniyorum.
   c. Çocuk doğurmak istiyorum. Bunun için evleniyorum.
7. a. Kendime güzel bir kazak almak istiyorum. Bu nedenle alışveriş yapıyorum.
   b. Evde yiyecek ve içecek bir şey kalmıyor. Bunun için alışveriş yapıyorum.
   c. Alışveriş yapıyorum çünkü akşam eve misafirler geliyor.

s.154

A.

1. Burnum akıyor çünkü nezlem var.
2. Sırtım kaşınıyor çünkü alerjim var.
3. Başım ağrıyor çünkü uyku sorunum var.

B.

5 Ağustos 1983 tarihinde Malatya'da doğdum. Türküm, evliyim ve bir okulda öğretmenim. 41 yaşındayım. Orta boylu, kahverengi gözlü ve siyah saçlıyım. Burcum aslan. Benim hobilerim balık tutmak ve resim yapmak.

4 Gitme Kal

s.156

A.

-me, -imden, beni, -me, -la, beni, -me,
-me, -me, beni, Yorgunum, -me, -me, -me,
-me, bak, -me

B.

1. havanat bahçesinde	2. parkta
3. metroda 4. bankta	5. lokantada
6. kapıda 7. bahçede	8. camide
9. sokakta 10. kapıda	

s.157

A.

1. Biraz dinleneyim.
2. Seninle konuşayım.
3. Yorgunum, uyuyayım.
4. Kitap okuyayım.
5. Sıkıldım, dolaşayım.

B.

1. Edelim. / Etmeyelim.
2. Yiyelim. / Yemeyelim.
3. Buluşalım. / Buluşmayalım.
4. Anlat. / Anlatma.
5. Ver. / Verme.

C.

1. Evet, etsin. / Hayır, etmesin.
2. Evet, gelsinler. / Hayır, gelmesinler.
3. Evet, versin. / Hayır, vermesin.
4. Evet, söylesin. / Hayır, söylemesin.
5. Evet, yesin. / Hayır, yemesin.

D.

1. Bu akşam sen ve ben film izleyelim mi?
2. Biz yemekten sonra pastanede tatlı yiyelim mi?
3. Öğrenciler öğleden sonra piknik yapsınlar mı?
4. Ben bu gece arkadaşlarımda kalayım mı?
5. Biz sınav için bu akşam bilgisayarda çalışalım mı?

s.158

B.

Diyalog 1. Kolay gelsin / Geçmiş olsun. / Hoşça kal.
Diyalog 2. Güle güle giy! / Kendine dikkat et.

s.159

A.

1. -ün, -ü	2. -ın, -i	3. -in, -ı
4. -ün, -i	5. -un, -ı	6. -nın, -sı
7. -ın, -si	8. -in, -sı	9. -in, -sı
10. -un, -si	11. -'nin, -sı	12. -'nın, -si
13. -'in, -i	14. -'un, -u	15. -'ın, -ı

B.

1. -nın, tadı	2. Gömleğin, rengi
3. Dolabın, kapağı	4. Ağacın, rengi
5. Yurdun, derdi	6. -in, -sinin, -sı
7. -'nin, -sının, -ı	8. -'nin, -sinin, -i
9. -'ın, -ının, -i	10. -'ın, köpeğinin, -ı

11. Kitabın, -ı   12. Ağacın, -i
13. Kazağın, -i   14. Yurdun, -i
15. Çocuğun, ilacı

C.

1. Çilek reçeli / reçel
2. İnek sütü / süt
3. Çay bardağı / bardak
4. Kız evladı / evlat
5. Taichung keki / kek
6. Çin böreği / börek
7. Taipei metrosu / metro
8. Hayvanat bahçesi / bahçe
9. Hafta sonu / son
10. Ağustos ayı / ay
11. 2014 yılı / yıl
12. Toplantı salonu / salon

D.

1. demir kapı   2. güzel bahçe   3. beyaz kale
4. beyaz saray   5. yaşlı adam

s.160

A.

1. Geziye Türkçe Bölümünden 18 öğrenci ve 4 öğretmen katılıyor.
2. Gezide bol bol yemek, içmek ve gezmek istiyorlar.
3. Gezinin sorumlusu Ayhan.
4. Çünkü Mustafa Hoca vejetaryen.
5. Mehmet Hoca alışveriş yapmak için geç kalıyor.
6. Zamanları sınırlı, onun için müzeye gitmek istemiyorlar.

s.161

A.

B, A'ya saat sekizde kalkıyorum diye cevap veriyor.
A, B'ye iş saat kaçta başlıyor diye soruyor.
B, A'ya işe saat 9'da başlıyorum diye cevap veriyor ve saat kaç diye soruyor.
A, B'ye saatim yok ama sanırım dokuza geliyor diye cevap veriyor ve işe gitmek için geç değil mi diye soruyor.
B, A'ya evet bugün çok geç kaldım diye cevap veriyor.
A, B'ye o zaman hemen yola çık diye söylüyor.
B, A'ya en iyisi patrona telefon edeyim ve bugün için izin alayım diye söylüyor.

B.

gidelim, yapalım, yapalım, unutmayalım, gidelim, gidelim, gidelim, alalım, alalım, alalım, alalım, çıkalım, Çıkalım, gidelim, alalım, çıkalım, alalım, mı, unutmayalım, alalım

C.

1. Evde yemek yap.
2. Öğretmenden özür dile ve sınava gir.
3. Onu sinemaya davet et.
4. Konsere git.
5. Spor yap.
6. Doktora git.
7. Bol bol pratik yap.

s.162

A.

1. -lerden biri, diğeri   2. -lardan biri, diğeri
3. -lerden biri, diğeri

B.

1. -lerin biri   2. -ların biri, diğeri
3. -ların biri, diğeri

C.

1. -ların hepsi   2. -lerin hepsi
3. -ların hepsi

D.

1. -lerin tümü   2. -lerin tümü
3. -ların tümü

E.

1. -ların bazıları   2. -lerin bazıları
3. -ların bazıları

F.

1. -lerin hiçbiri   2. -lerin hiçbiri
3. -ların hiçbiri

5 Gittik Gezdik Gördük

s.164

A.

1. Hastanın iştahı yoktu. Başı dönüyor, midesi bulanıyordu.
2. Her zamanki şeyler yedi.
3. Hayır, hastanın ağrısı yok.
4. İdrar ve kan tahlili yaptırması lazım.

B.

1. Eve gittim, dinlendim.
2. Duş aldım ve yattım.
3. Postaneye gidiyordum.
4. Sonra düştü.
5. Dünkü futbol maçı berabere bitti.
6. Bugün hava güneşli.

s.165

A.

Pazartesi: Sabah erken kalktı. Saat onda arkadaşlarıyla buluştular ve birlikte bir resim sergisinin açılışına gittiler. Akşam 5'te eve döndü.

Salı: İşe gitti ve saat 11'e kadar çalıştı. Saat 11'de önemli bir toplantıya katıldı. Akşam evde yemek yedi, televizyon seyretti ve erkenden yattı.

Çarşamba: Öğle tatilinde arkadaşıyla alışverişe çıktılar ve iki saat alışveriş yaptılar. Akşam yemeği için bir şeyler aldı. Akşam saat 7'de arkadaşı yemeğe geldi. Birlikte yemek yediler.

Cuma: Ofis için bir rapor hazırladı. Türkiye'nin turistik yerleri ile ilgili bir yazı hazırladı ve müdüre sundu. Akşam annesiyle buluştular ve bir kafede kahve içtiler, sohbet ettiler.

Cumartesi: Ofise gitmedi, evde temizlik yaptı.

C.

2. NCCU'nun kapalı yüzme havuzu var.
3. Xinyi semtinde gökdelenler yoktu.
4. Hayvanat bahçesinde üç panda var.
5. Uğur Hoca Türkçe Bölümünde ders veriyordu.
6. İyi Türkçe konuşuyorum.

s.166

A.

Şuradaki, köşedeki, yanındaki, sandalyedeki, yanındaki, İş yerimizdeki

B.

| 1. -maya | 2. -meye | 3. -maya |
| 4. -maya | 5. -meye | 6. -maya |

C.

| 1. -mayı | 2. -meyi | 3. -meyi |
| 4. -meyi | 5. -mayı | |

D.

| 1. -maktan | 2. -maktan | 3. -maktan |
| 4. -maktan | 5. -maktan | 6. -maktan |

E.

| 1. -mak | 2. -mek | 3. -mak, -mak |
| 4. -mek | 5. -mek | 6. -mek |

F.

1. -mem	2. -manı	3. -masından
4. -menizden	5. -mene	6. -manıza
7. -meni	8. -meniz	9. -mesini

s.167

A.

1. Müzik dinlemek ve film seyretmek.
2. Evet, karanlıktan korkuyor.

3. Teoman'ı beğeniyor.
4. Stüdyodaki çalışmalar çok zamanını alıyor.

B.

1. Y   2. D   3. D   4. Y   5. Y

s.168

A.

1. Gazeteyi Ali okudu. / Ali o gazeteyi okudu.
2. Kazağı annem aldı. / Annem bu kazağı aldı.
3. Filmi ben seyrettim. / Ben o filmi seyrettim.
4. Sütü kedi içti. / Kedi o sütü içti.
5. Bankayı hırsız soydu. / Hırsız o bankayı soydu.

B.

1. Kitabını / Kitabınızı
2. mektubu
3. -imizi
4. Ekmeği
5. -ü
6. -yi
7. -sini
8. -umu
9. -ini
10. geleceğini

C.

1. En çok mavi rengini seviyorum.
2. En çok pop müziğini dinliyorum.
3. Sezen Aksu'yu beğeniyorum.
4. Türkiye'yi, Tayvan'ı ve Japonya'yı tanıyorum.
5. Çince ve Türkçe biliyorum.
6. Orhan Pamuk'u ve Ahmet Ümit'i okudum.
7. İstanbul'u, Ankara'yı ve Rize'yi gezdim.

D.

giymek: *çorap*, ayakkabı, gömlek, elbise, pantolon
dinlemek: *şiir*, müzik, şarkı, anne, öğretmen
temizlemek: *ev*, masa, bahçe, sokak
bilmek: *yazar*, dil, Fransızca, gelenek
sürmek: *sefa*, araba, bisiklet, ruj, çikolata

s.170

A.

1. Çok mutlu muydun?
2. Sınav zor muydu?
3. Baban cimri miydi?
4. Piknik güzel miydi?
5. Sınıfta kimler vardı?
6. Ayşe hastanede miydi?
7. Sen neredeydin?
8. Siz neredeydiniz?
9. Hava nasıldı?

B.

1. Ders on beş dakika önce bitti.
2. Üniversiteyi beş yıl önce bitirdim.
3. Maçı geçen hafta sonu oynadık.
4. Bu kitabı iki ay önce okudum.
5. Arkadaşımla geçen yıl tanıştım.
6. Akşam yemeğimi saat yedide yedim.
7. Dün gece saat on ikiye on kala uyudum.
8. Tatile geçen yaz gittim.
9. Güneş saat beş buçukta doğdu.
10. Ders saat sekizi on geçe başladı.
11. Ödev yapmaya yarım saat önce başladım.

C.

1. Şimdi kitap okudum.
2. Bu yıl mezun oldum.
3. Mutfakta yemek pişirdim.
4. Türkiye'den uçakla geldim.
5. Telefon çaldı. Baktın mı?

D.

1. Koridorda.
2. Lokantada.
3. Parkta.
4. İnşaat sahasında.
5. Metroda.
6. Derste.
7. Garaj önünde.
8. Kavşakta.
9. Havuzda.

6 Haydi Tatile

s.172

A.

1. Eve gideceğim ve dinleneceğim.
2. Çay demleyeceğim ve içeceğim.
3. Telefon edeceğim ve konuşacağım.
4. Alışverişe çıkacağım ve ayakkabı alacağım.
5. Türkiye'ye gideceğim ve tatil yapacağım.

B.

1. -yacağım.
2. -acağım.
3. gideceğim.
4. -eceğim.
5. -mayacağım.
6. -eceğim.
7. -acağım.
8. -acağım.

C.

1. -meyeceğim.
2. -mayacak.
3. -meyecek.
4. -meyeceğim.
5. -mayacağım.
6. -meyeceğim.

D.

1. -ecek mi / Evet, gelecek.
2. -acak mı / Evet, yağacak.
3. -ecek misiniz / Evet, giyeceğim.
4. edecek misin / Evet, edeceğim.

E.

(Yapacaklarım)
3. Her gün kahvaltı yapacağım.
4. Odamı toplayacağım.
5. Her gün kitap okuyacağım.
6. Yemeye içmeye dikkat edeceğim.
(Yapmayacaklarım)
3. Sigara içmeyeceğim.
4. Televizyon seyretmeyeceğim.
5. Tembellik yapmayacağım.
6. Annemi kızdırmayacağım.

s.173

A.

1. Çünkü Efe evinden uzaklaşmaktan korkuyor.
2. Daha az para harcayacak ve para biriktirecek.
3. Yeni bir fotoğraf makinesi, birkaç şort ve tişört alacak.

B.

1. Türkiye'ye gideceksin.
2. En iyi arkadaşınla gideceksin.
3. En iyi arkadaşını davet edeceksin.
4. En az bir hafta kalacaksın.
5. Pansiyonda kalacaksın.
6. Yurt dışına gideceksin.
7. Yaz mevsimi daha iyi, çünkü denize girebilirsin.
8. Uçak bileti dahil, aşağı yukarı 50000-60000NT lazım.

s.174

A.

1. Hastayken kendimi kötü hissediyorum.
2. Ormandayken bol bol temiz hava alıyoruz.
3. Metrodayken bir şey yemek, içmek yasaktır.
4. Sinemadayken yüksek sesle konuşma!
5. Bir işim yokken daha az para harcıyordum.
6. Onunla lisedeyken tanıştık.
7. O, 19 yaşındayken hem çalışıyor hem de okuyordu.

s.175

A.

1. C 2. E 3. I 4. J 5. A 6. F
7. İ 8. K 9. G 10. B 11. H 12. D

B.

1. Kenan Kalav yakışıklı. Kadir İnanır, Kenan Kalav'dan daha yakışıklı. Kenan İrmizalıoğlu, Kadir İnanır kadar yakışıklı. Tarık Akan en yakışıklı.
2. Matematik zor. Fizik, matematikten daha zor. Kimya, fizik kadar zor. Felsefe en zor.
3. Kahire kalabalık bir şehir. Moskova Kahire kadar

kalabalık. İstanbul, Moskova'dan daha kalabalık. Şanghay en kalabalık.

C.

Dünyanın en derin gölü Baykal Gölü, Rusya'da.
Dünyanın en derin çukuru Okyanus'ta, adı Mariana.
Dünyanın en kalabalık şehri Şanghay, Çin'de.
Dünyanın en yüksek binası Dubai'da, adı Burç Halife.

s.176

A.

1. Hayır, bu akşam sinemaya gitmeyeceğiz, tiyatroya gideceğiz.
2. Türkiye'ye iki ay sonra döneceğim.
3. Bugün öğleden sonra anneme gideceğim.
4. Evet, hafta sonunda alışverişe çıkacağım.
5. Evet, çay içeceğim.
6. Evet, yemek yiyeceğim.
7. Evet, sizinle sinemaya geleceğim.
8. Evet, bu yaz tatile çıkacağım.
9. Kurs gelecek hafta bitecek.
10. Evet, okullar iki hafta sonra kapanacak.
11. Film saat yedide başlayacak.
12. Evet, öğleden sonra kütüphaneye gideceğim.
13. Yarın saat sekizde kalkacağım.
14. Hayır, hafta sonu pikniğe gitmeyeceğiz.
15. Yemekten sonra yürüyüşe çıkacağız.

B.

1. a. Ben ağabeyim kadar uzun boyluyum.
   b. Ben de senin kadar hayvanseverim.
2. a. Ali, Yüksel'den daha akıllı.
   b. BMW, Toyota'dan daha pahalı.
3. a. Babam hem iş hem tatil için Türkiye'ye gidecek.
   b. Türkiye'den hem babama hem de anneme hediye aldım.
4. a. Ne müzik dinlemek ne de televizyon seyretmek istiyorum.
   b. Ayşe ne seni ne beni seviyor.

s.177

A.

1. Yarın okulda olacağım.
2. Benim bir evim olacak.
3. Ben hasta olacağım.
4. 25 yaşında olacağım.
5. Bir çocuğum olacak.
6. Sorular zor olmayacak.
7. Saat dokuz olacak.

B.

1. Evlenecektim ama Ayşe beni terk etti.
2. Alacaktım ama param yetmedi.
3. Dinlenecektim ama eve misafir geldi.
4. Yardım edecektim ama kaza geçirdim.
5. Hediye alacaktım ama param bitti.
6. Arabamı tamire götürecektim ama acil bir işim çıktı.
7. Zengin olacaktım ama piyango biletimi kaybettim.

C.

1. Yarın doktora gidecek misin?
2. Yemek yiyecek misin?
3. Onu affedecek misin?
4. Onunla evlenecek misiniz?
5. Bu yıl tatil yapacak mısınız?
6. Bize ödev verecek misiniz?
7. Onu arayacak mısın?

D.

1. Bu torba demir gibi ağır.
2. Kiraz bal gibi tatlı.
3. Bisiklet Ali'nin elinde tüy gibi hafif.
4. Çay kan gibi kırmızı.
5. Gül Hanım'ın dişleri kar gibi beyaz.
6. İlaçlar zehir gibi acı.

s.178

A.

hem, hem, -dan daha, en, daha, -dıktan sonra, -mamak için, -e kadar, için

1. O hem sinemayı hem de tiyatroyu seviyor.
2. Kahvaltısını yapıyor ve işe gidiyor.
3. Eve yorgun dönüyor.

B.

1. a   2. d   3. c   4. a   5. b

國家圖書館出版品預行編目資料

土耳其語A1-A2 新版：專為華人編寫之基礎教材 /
杜爾孫（Dursun Köse）、馬仕強（Özcan Yılmaz）、
李珮玲（Pei-Lin Li）合著
-- 修訂初版 -- 臺北市：瑞蘭國際, 2024.03
192面；21 x 29.7公分 --（外語學習系列；126）
ISBN：978-626-7274-93-4（平裝）
1. CST：土耳其語 2. CST：讀本

803.818   113002692

外語學習 126

土耳其語 A1-A2 新版：專為華人編寫之基礎教材

作者｜杜爾孫（Dursun Köse）、馬仕強（Özcan Yılmaz）、李珮玲（Pei-Lin Li）
責任編輯｜葉仲芸、王愿琦
校對｜李珮玲、魏宗琳、葉仲芸、王愿琦

土耳其語錄音｜Dursun Köse、Erhan Taşbaş、Buket Düzyol、Nazife Gövce、Ataberk Mercan、
　　　　　　　Duygu Evren、Başak Kütahya
錄音室｜采漾錄音製作有限公司
封面設計｜余佳憓、陳如琪
版型設計、內文排版｜陳如琪

瑞蘭國際出版
董事長｜張暖彗 · 社長兼總編輯｜王愿琦
編輯部
副總編輯｜葉仲芸 · 主編｜潘治婷
設計部主任｜陳如琪
業務部
經理｜楊米琪 · 主任｜林湲洵 · 組長｜張毓庭

出版社｜瑞蘭國際有限公司 · 地址｜台北市大安區安和路一段 104 號 7 樓之一
電話｜(02)2700-4625 · 傳真｜(02)2700-4622 · 訂購專線｜(02)2700-4625
劃撥帳號｜19914152 瑞蘭國際有限公司
瑞蘭國際網路書城｜www.genki-japan.com.tw

法律顧問｜海灣國際法律事務所　呂錦峯律師

總經銷｜聯合發行股份有限公司 · 電話｜(02)2917-8022、2917-8042
傳真｜(02)2915-6275、2915-7212 · 印刷｜科億印刷股份有限公司
出版日期｜2024 年 03 月初版 1 刷 · 定價｜550 元 · ISBN｜978-626-7274-93-4